少年读中国史

· 5 ·

两晋南北朝 大分裂时代

果麦 编

北方联合出版传媒(集团)股份有限公司
万卷出版有限责任公司

果麦文化 出品

司马氏历经祖孙三代，成为三国纷争的最后赢家。然而好景不长，骄奢的君臣和争权的诸王将天下搅得混乱不堪，北方游牧民族纷纷涌入，中原进入群雄逐鹿的十六国时期。孱弱的司马家族依靠南北方士族的支持建立起东晋，但只维持了一百来年，最终在统治阶级内部斗争和农民起义中走向灭亡，宋、齐、梁、陈四个王朝代之而兴。而北方拓跋氏、高氏、宇文氏也先后建立了北魏、北齐、北周等，群雄争斗与民族融合的社会巨变正在发生。

各民族的迁徙融合，特别是北魏孝文帝的改革，为中华民族注入了新鲜血液。中原人口的南迁，则使南方日益繁荣。名士风度、《兰亭序》、云冈石窟，无不令后人心折。未来的隋唐盛世，从这里破茧、飞腾……

目 录

第一章　短暂的西晋王朝　　　　　　001
1. 晋武帝由俭入奢　　　　　　002
2. 八王之乱　　　　　　007
3. 终结西晋的变乱　　　　　　015

第二章　偏安江南的东晋　　　　　　023
1. "王与马，共天下"　　　　　　024
2. 一代枭雄桓温　　　　　　032
3. 东晋与前秦的决战　　　　　　038

第三章　轮番登场的南朝皇帝　　　　　　048
1. 平民皇帝刘裕　　　　　　049
2. 武将萧道成建齐　　　　　　055
3. "菩萨皇帝"梁武帝　　　　　　061
4. 南朝的终结　　　　　　067

第四章 北朝的兴替 077
1. 拓跋氏建北魏 078
2. 大刀阔斧的汉化改革 083
3. 高氏家族与北齐 089
4. 宇文家族与北周 094

第五章 乱世里的文化与生活 103
1. 海外取经第一人 104
2. 能文善辩的范缜 107
3. 诗文风流 111
4. 笔墨与石刻 116
5. 民族融合时代的日常生活 119

大事年表 127

第一章

短暂的西晋王朝

1. 晋武帝由俭入奢

三国鼎立的终结

三国后期,由于不断的对外战争和混乱的朝政争端,蜀汉的统治基础大大动摇。孙权死后,吴国内斗不断,加上多次攻魏失败,实力削弱了不少。249年,魏国权臣司马懿在洛阳发动政变,独揽朝政大权。不久后,司马懿之子司马昭出兵灭蜀,打破数十年的三足鼎立局面,拉开了统一的序幕。265年,司马昭去世,长子司马炎逼迫魏元帝曹奂禅让,自立为帝,定国号为"晋",史称"西晋",司马炎就是晋武帝。

早在灭蜀之前,司马氏就有灭吴的打算。为了实现先辈统一天下的遗愿,晋武帝即位后就开始着手筹划灭吴。在做足了准备之后,279年,晋武帝采用战略家羊祜(hù)生前的建议,发兵二十万,分六路大举进军东吴——由于当时分散在沿江各地的吴军兵力也有二十余万，晋军在人数上并不占多大优势，便选择了分几路各个击破的策略。六路大军中有两路直逼东吴的都城建业，牵制吴军主力，使其不能增援上游；另有三路夺取长江中游的武昌、夏口、江陵；在其策应之下，第六路王濬（jùn）所率的八万大军乘船顺江而下，会合直逼建业的两路大军，一起攻夺东吴的都城。

为阻挡晋军的船队，东吴守军用粗大的铁链封锁江面，还打造了无数锋利无比、长达十多丈的铁锥安置在江中。可晋军将领王濬早有应对方案，他派人将巨大的竹筏放入长江，顺流而下，铁锥一头扎在竹筏上，被连根拔起。他们还在船前立起无数巨大的火炬，每个高十几丈，然后驾着船驶向江中，遇上铁链就点火，熊熊烈火把封锁江面的铁链全部烧断。就这样，东吴的长江防线被一个个突破了。之后，晋军按照计划一步步实现原先的战略，王濬等三路大军在建业北面的江对岸成功会师，势如破竹地渡江攻占了建业。东吴末代之君孙皓反绑双手向王濬投降，东吴至此灭亡。曾经三国鼎立的局面至此终结，天下重新归于一统。

统一之后，晋武帝对魏、蜀、吴三国的亡国之君都相当仁慈，甚至封魏国末代皇帝曹奂做王，对他十分优待。经济上，晋武帝积极恢复生产，鼓励开垦农田。经过十多年的发展，被战争破坏的社会经济开始恢复，人口也明显增加，西晋出现了"太康之治"的繁荣局面。

君臣比富

可惜的是，这样的繁荣景象并没有维持太久。司马氏作为世家豪族建立了晋朝，自然要维护世家豪族的特权和利益。在统一全国之前，晋武帝明白天下尚未太平，需要以身作则，提倡节俭。他住的一直是魏国的旧宫殿，还当众烧掉过别人献给他的华丽衣服。但灭吴之后，眼看司马氏的天下已经稳固，晋武帝便滋生了骄奢淫逸之心，开始纵情享受，成为历史上少见的开国不久后便开始腐化的皇帝。

他曾从吴国挑了五千名美女，把自己的后宫扩充到了上万人。等着被宠幸的人太多，即便是每天宠幸一个，也要排二三十年。于是，这位君王便想出了一个确保"公平"的主意。他让羊拉着车在后宫里转悠，羊车停在哪位美人的门口，他就在哪里休息。后宫妃子们为了得到宠幸，甚至在自己的宫门口种上鲜嫩的青草，插上翠绿的竹叶，在门口上撒上盐水，希望用这些方式让羊停在自己的门前。这也是"羊车望幸"这一典故的由来。

在晋武帝的带动下，奢靡腐化的风气逐渐弥漫了整个王朝。从君王到朝臣不仅个个贪图享受，还要互相攀比。据说大臣石崇在当荆州刺史时大肆抢夺富人的财物，捞到数不清的钱财。他的家装饰得比皇宫还要华丽，连厕所都有纱帐笼罩、婢女服侍。晋武帝的亲舅舅王恺也是京城富豪，总想跟石崇比个高下，石崇也毫不示弱。于是，王恺用麦芽糖洗锅，石崇就用白蜡当柴烧。王恺用紫色的绸缎做成四十里的步障，在道路两旁遮风寒、挡尘土；石崇就用五颜六色的锦缎做成五十里的步障，比王恺的更长、更漂亮。王恺用贵重的药材赤石脂涂墙，让墙壁像蜡一样细腻光滑、颜色艳丽；石崇就将只有皇后才能用的香料磨成粉涂在墙壁上，既能保暖又芳香扑鼻。

这种奢靡之风加剧了社会矛盾，也给西晋王朝埋下了祸根。当时一位有远见的大臣傅咸便提醒皇帝："奢靡之风的危害远远超过天灾！"西晋也的确成为一个短命的王朝，讽刺的是，亡国时最后一位皇帝正是坐着羊车投降的——可谓一辆羊车见证了王朝的盛衰。

世族当道

在晋初君臣权贵斗富的风气背后，还隐藏着自汉末三国时期以来社会结构的一大重要变化，那就是门阀世族阶层的形成。

其实，早在土地兼并十分严重的西汉中后期，就形成了豪强地主势力。他们拥有大片的良田、巨大的宅院，生活奢侈异常。到了东汉，这些人中有些更是得到了政治上的特权，成为名门大族，也被称为"士族"或"世族"。"士族"说的是他们有文化，"世族"则是指这些人世代做官，这就是门阀世族地主。

在门阀世族形成过程中，三国时期曹魏建立的一种新的官员选拔制度——九品中正制，起了重要的作用。"中正"就是负责品评人才的职官，他根据家世、道德、才能这几个指标，将人才分为九个等级，也就是"九品"。然后依照每个人品级的高低，相应地授予不同的官职。这种制度到了西晋逐渐完善，由于门阀世族势力巨大，九品中正制逐渐成为他们垄断官吏选拔权的工具。

中正官只以血统作为评定品级的标准，根据家世的高低和祖上官位的高低来任命官职。一个人家世越高、祖上的官职越大，他自己能当的官也就越大。有了这种制度的保障，世家大族的子弟不愁做不了大官。而那些没有身份、特权的地主阶级，便被称为"庶族"或"寒门"，地位低下，与士族的社会地位和身份完全不同。士族和庶族之间不能通婚，不相往来，甚至不坐在一起。即便庶族地主当上了大官，士族也不愿跟他们平起平坐，甚至不会给他们好脸色。

在九品中正制的推行中，从前作为选拔人才标准的才德逐渐被忽视，家世则越来越重要，形成了"上品无寒门，下品无士族"的局面。门阀世族的统治得到进一步的巩固的同时，也成了制约社会活力的障碍。作为既得利益阶层的司马氏和王公权贵，则在这种门阀世族社会中醉生梦死，眼看着政局不断僵化、腐朽。

2. 八王之乱

愚蠢太子当皇帝

290年，创下一番帝业的晋武帝去世，太子司马衷即位，也就是历史上有名的呆傻皇帝——晋惠帝。

司马衷能当上皇帝，有很大的运气成分。司马衷是晋武帝的二儿子，谁知他的长兄两岁时得病死了，皇位就轮到了他头上。即便如此，当时的朝臣都不看好他，倒是觉得他的叔叔、晋武帝的亲弟弟司马攸脾气温和，既有才学又孝顺，比司马衷更适合做皇帝，但遭到了晋武帝的反对。

原来，晋武帝在成为晋王世子之前，就因为司马攸这个好弟弟而提心吊胆，每天都担心自己的地位不保。如今好不容易当上皇帝，就更不忍心看着儿子被叔叔比下去。当时武帝的两个宠臣知道司马攸不喜欢自己，担心万一他上了台就没有好日子过了，于是时常在武帝那里说司马攸的坏话。结果武帝真的因此下令让司马攸返回自己的封地。司马攸气得生了病，死在了去封地的路上，年仅三十六岁。太子司马衷继位的最大威胁就这么消除了。

尽管如此，有些大臣还是为这位太子的能力担忧。大臣和峤就曾委婉谏言："太子心地淳朴，放在尧、舜那样的上古时代是没有问题的。可现在人心不古，将来皇室或后宫若是有人生事，他恐怕没办法妥善处理吧。"晋

昏庸糊涂的晋惠帝

武帝知道此言有理，事实上，他自己也考虑过是不是该把太子换掉。皇后知道了武帝的摇摆，斩钉截铁地说："并不是谁贤明就立谁为太子的，嫡长子继位理所当然。"武帝无法反驳儒家自古相传的礼法，于是司马衷的太子之位就这么定了下来。

那么，让皇帝和大臣如此疑虑的司马衷，究竟愚钝到了什么程度呢？司马衷即位那年已经三十多岁了，有一次，外地发生灾荒，饿死了许多人，地方官员将灾情上报朝廷。司马衷很关心，却不明白老百姓为什么会活活饿死，便向大臣们询问。大臣们只好解释说，这是因为老百姓没有粮食，只能挖草根、吃树皮。皇座上的司马衷听了，很想为自己的子民做些什么，苦思冥想后说："老百姓没有粮食吃，那为什么不去吃肉粥呢？"大臣们听了面面相觑，说不出话来。后来，晋惠帝这句"何不食肉糜"，成为流传至今的历史典故。

疯狂的贾南风

惠帝虽傻，他的皇后贾南风却是个非常有心机的女人。事实上，惠帝能顺利继承皇位，也有贾南风的功劳。

在司马衷还是太子的时候,晋武帝曾交给他一份奏章,让他拟一份处理意见。贾南风知道此举是在试探司马衷的能力,就请了一个学识渊博的人代写批语。这份批语引经据典,文采斐然,太子的侍臣张泓看了却说:"太子一向不怎么读书,而这份批语写得这么好,皇上怕是会怀疑。不如写简单些,打消皇上的疑心。"贾南风听后,命张泓重写了一份语言浅白却很有道理的批语,并让司马衷照抄一遍。晋武帝阅后觉得太子虽然没什么学问,处理政务却很合理,便也安下心来。

司马衷即位为惠帝后,贾南风仗着身为皇后的权势,野心越发膨胀。晋武帝曾留下遗诏,让杨皇后的父亲杨骏和汝南王司马亮共同辅佐惠帝处理朝政。杨骏假传圣旨,说武帝只让自己一个人辅政,想独揽大权。同样觊觎朝政大权的贾南风自然视杨骏为眼中钉,她借司马氏诸王都不服杨骏的局势,秘密召楚王司马玮进京,说杨骏要谋反,让司马玮带兵连夜包围了杨骏的府邸,把杨骏和他的亲信全都杀死了。

杨骏死后,汝南王司马亮重新得到重用,而司马玮仗着杀杨骏的功劳,也开始居功自傲。于是,贾南风先是借惠帝的名义下旨,让楚王司马玮发兵杀死司马亮,然后又传圣旨,说司马玮随意杀害大臣,应当处死,一举除掉两个挡在自己掌权之路上的心头大患。

惠帝有个儿子叫司马遹(yù),从小就很聪明,晋武帝也很喜欢他,因此惠帝继位不久就立他做了太子。贾南风自己只生了女儿,没有儿子,但也不希望别人的儿子继承皇位。于是她设下计谋,假称太子要谋反,把司马遹废掉了。之后,她假装怀孕,打算用妹妹的儿子冒充自己的儿子,立他为太子。朝中的大臣们都觉得贾南风太过分,想要找机会除掉她。

诸王混战

一连串的借刀杀人、废掉储君之计成功后,贾南风更是恣意妄为,无法无天。她的专权成为引起西晋内乱的导火索,而滋生内乱的根源,则要追溯到西晋建立之初分封诸王的制度。刚即位的晋武帝认为,曹魏之所以灭亡,就是因为没有宗族的支持。一旦中央出了权臣,皇位就很容易被抢走,所以他一口气封了二十七个王,后来又陆续加封,最后一共有五十七个王。晋武帝给了他们很大的权力,诸王管着自己的封国,还往往管着王国内所有的军队，简直成了一个个独立王国。

这些手握兵权的诸侯王自然不会放任贾南风胡作非为，纷纷起兵反对。在反对贾后的人当中，有的是真心拥护惠帝和太子，有的却是假借这个名义起兵，想自己篡夺皇位——赵王司马伦就是这样。司马伦是司马懿的第九个儿子、晋武帝司马炎的叔叔，也是当时的太子太傅，常常讨好贾南风，深得她的信任。司马伦假称自己要支持被废掉的太子司马遹复位，贾南风听后大怒，赶忙派人杀死司马遹。这下司马伦有了借口，伙同齐王司马冏、梁王司马肜（róng）共同起兵，直接闯进皇宫，向杀死废太子的贾皇后问罪。

贾南风虽骄纵成性、胆大妄为，但是看见拿着刀枪的士兵闯进来，她也不禁害怕起来。司马冏厉声说："我们奉旨来抓皇后。"贾南风说："圣旨都是我下的呀，你们哪来的圣旨？"司马冏不再废话，直接让人把她抓住。贾南风远远看着惠帝，大声哭喊着向他求救，可惠帝一句话都没有说。就这样，司马伦毒死了贾南风，把晋惠帝司马衷赶下台，自己做了皇帝。

这么一来，其他的王爷可就不干了，他们你争我抢，闹出了一场席卷全国的大乱。齐王司马冏曾响应司马伦的号召，参与起兵诛杀贾南风，但对事成之后自己获得的职位很不满意，早就对司马伦怀恨在心，于是首先站出来起兵讨伐。成都王司马颖、河间王司马颙（yóng）紧随其后，起兵响应。三王联合，司马伦哪里是对手，最终落得个兵败自杀的结局。晋惠帝司马衷重新当上皇帝，司马冏则独揽朝政大权，立惠帝的弟弟司马遹做太子，自任太子太师，过着骄纵专权、沉湎酒色的生活。河间王司马颙看不下去，起兵讨伐，长沙王司马乂也跟着响应。两方势力在京城展开激战，司马冏兵败被杀。

此后，诸王像走马灯一样轮番登场，每个掌权者都会遭到其他人的反对，可是新的上位者往往比前一个做得更差劲。晋惠帝也被抢来抢去，成了夺宝游戏中的重要道具。后来东海王司马越干脆把他毒死，改立他的弟弟司马炽为帝，也就是晋怀帝，改元"永嘉"。

从汝南王司马亮、楚王司马玮参与皇权争夺战开始到司马越掌权，先后有八个主要的诸侯王参与夺权混战，史书上将这段历史称作"八王之乱"。西晋的历史只有短短五十一年，这场"八王之乱"就持续了长达十六年。这是整个中国历史上最为严重的皇族内乱之一，使得西晋元气大伤，也带来了之后近三百年的动乱。

3. 终结西晋的变乱

乘乱立业的"人质"

"八王之乱"到了后期,争斗的主角变成了成都王司马颖与东海王司马越。司马颖在邺城把持朝政,作威作福,引起众人不满。司马越决定带头讨伐司马颖,派弟弟司马腾率兵攻打邺城,司马颖非常惊恐,不知道怎么应对。这时,他手下有个叫刘渊的匈奴人说:"如果我去劝说匈奴人前来参战,一定帮您打败敌人。"司马颖喜出望外,连忙答应。他没有想到,刘渊这一去给西晋带来的不是外援,而是灭顶之灾。正是刘渊日后建立的政权,给了西晋王朝最后的致命一击。

刘渊是西汉时期匈奴单于冒顿的后代。汉高祖刘邦与匈奴和亲之后,将刘氏的女子嫁给匈奴单于,后来单于的子孙就都以刘氏为姓。刘渊自小就非常聪明,读了不少史书和兵书。在刘渊看来,大丈夫应该文武兼备,如果只会一种本领,断然要失败。所以他也习武,体力超过常人,尤其擅长射箭。后来,刘渊作为人质被送往洛阳,由于才干拔群,为晋武帝所赏识。但是有人谏言说这个外族人必有异心，若是委以重任，必将对国家造成威胁。因此，晋武帝一直没有重用刘渊，后来也只是将其派去北部边郡，接替他去世父亲的职位。刘渊到任后，招贤纳士，一些名士甚至不远千里前去投奔。

所以，司马颖让刘渊帮忙，对于早就想大展拳脚的刘渊而言是一个绝好的机会。回到家乡后，刘渊很快就聚集了匈奴的五万部众，这时却传来了司马颖战败的消息。刘渊本打算前去营救，可他的属下坚决反对，希望刘渊能自己建立一番事业。他们说："晋朝昏庸无道，像奴隶一样对待我们，这是匈奴人的耻辱。现在，司马氏父子兄弟自相残杀，上天都开始不满晋朝的德行了，我们正应该乘机建立基业！"刘渊采纳了这个建议，说："人应该做一座巍峨的高山，决不能做一个低矮的小土丘！天下的帝王并不是固定不变的。如果我们一鼓作气，一定能推翻晋朝，像汉高祖那样统一天下，就算运气差点，像曹操那样独霸中原也是可以的！"

于是，在众人的拥护下，刘渊建立了汉国，自称"汉王"，以大汉王朝的继承者自居。此时，大臣们又劝他不能只据守在偏远之地，应该命令将士大胆地四面出击，建立皇帝的名号，攻克长安作为国都——这正是汉高祖刘邦开创基业的战略。刘渊深以为然，于是出兵平定河东，在308年正式称帝，设置文武百官，分封王侯。他的儿子刘聪、从子刘曜以及部将王弥、石勒等都十分勇猛，堪称豪杰。在君臣的共同努力之下，汉国势力迅速扩张，从山西一直发展到了河北、山东。

"永嘉之乱"和两晋灭亡

刘渊的势力日益强大，成为西晋的巨大威胁。经过"八王之乱"，西晋已经元气大伤。大权在握的东海王司马越不思进取，只顾玩弄权术、排除异己，对各地的叛乱充耳不闻。朝中大臣对他非常失望，晋怀帝司马炽对他也很不满。307年，也就是永嘉元年，刘渊派扫虏将军石勒攻打邺城，杀死了司马越的弟弟——东瀛公司马腾。这下司马越不仅失去了左膀右臂，而且在朝廷中的威望也一落千丈，对刘渊从此心怀恐惧。

此后，刘渊多次派其子刘聪等人率兵向南攻打西晋的城池，更是先后两次攻打西晋都城洛阳。310年，刘渊去世，刘聪即位后对洛阳更加势在必得，他的大将王弥切断了粮道，使洛阳城内发生了饥荒。司马越征召各地军队来救援京城,但援兵纷纷被击溃,其他诸王也只是袖手旁观。这时,石勒部已南下渡过黄河,一路势如破竹,由于在朝中已经丧失人心,司马越主动请求亲自率军出征。

可司马越这一走,也带走了洛阳所有的兵力,洛阳几乎成了一座空城。城中饥荒日益严重,盗匪横行,连宫中也因缺少守卫乱作一团。311年,早就对司马越怀恨在心的晋怀帝乘此机会发布司马越的罪状,下诏要求各方讨伐,听闻消息的司马越急火攻心,愤懑而死。司马越的余部为了不让敌军钻空子,决定秘不发丧,却还是被发现了。石勒率骑兵追击护送灵柩的大军,在宁平城大败晋军,杀了十万多大臣和将士。经过这场战斗,西晋再也没有力量抵挡外族的入侵。匈奴军队在刘聪之弟刘曜的率领下攻入洛阳,在城内大肆烧杀抢掠,俘虏了晋怀帝,屠杀王公百姓达十万余人,历史上称为"永嘉之乱"。怀帝被俘后,西晋宗室司马邺被拥立为帝,即晋愍帝。没过多久,刘曜再度攻打长安,在粮草断绝的情况下,晋愍帝坐着羊车、光着膀子投降了,西晋王朝就此灭亡。

刘聪杀死晋愍帝,失去了西晋这个最大的对手之后,

"永嘉之乱"后大量人口南迁

便开始不理国事，只顾荒淫享乐。他平时只知道酗酒、打猎，还频繁征调民夫，给自己兴建了四十多座宫殿，令百姓不堪重负。他死后，汉国发生了内乱，刘渊的从子刘曜和大将石勒平定内乱之后谁也不服谁，各自建立政权，国号都叫"赵"。人们把刘曜的赵称为"前赵"、石勒的赵称为"后赵"，后来前赵被后赵所灭。

从"八王之乱"到汉、前赵、后赵几十年间，中原混战不停，居住在此地的少数民族纷纷聚众起事，形成了强大的势力。这些民族主要有匈奴、鲜卑、羯、氐、羌，他们陆续建立了多个政权，其中规模比较大的就是汉、前赵、后赵，还有后来的前燕、前秦、后燕等，先后出现了二十多个政权，其中规模较大的有十六个，所以人们就把这一阶段称为"十六国"。

"永嘉之乱"过后，西晋的皇族司马氏被屠杀殆尽。琅琊王司马睿在江南的建康建立东晋，开启了一个新的时代。西晋作为两晋南北朝的开端，也是这个大分裂时期唯一的统一王朝，却只是昙花一现。

读史点评

西晋结束了三国鼎立的分裂局面，但只实现了短暂的统一，之后迅速走向了混乱与灭亡。也应看到，西晋的短命，固然与痴呆的晋惠帝和疯狂的贾南风有关，但还有许多深层的原因。门阀制度带来的奢侈腐败之风，既败坏了社会风气，也激化了阶级矛盾。晋武帝希望通过分封诸王来巩固统治，让他们掌握各地的军权，但最终事与愿违，导致了诸王混战。

从晋武帝时期的豪门斗富到愚蠢的晋惠帝即位，从贾后专权到"八王之乱"，再到"永嘉之乱"北族南下，正是这一连串的事件导致了西晋王朝的短命。

要不要分封皇族为诸侯王,是许多王朝建立之初都面临的难题。西汉的郡国并行制引发"七国之乱",西晋的分封导致"八王之乱"。原本为了巩固统治而施行的分封制,最终却带来了反叛和动乱,请试着具体分析两次动乱的原因。

第二章

偏安江南的东晋

1. "王与马，共天下"

衣冠南渡

从"八王之乱"到十六国时期，中原地区长期处于混战状态，许多百姓死于战火之中。为了躲避灾难，不少家族带着粮食和财物，扶老携幼渡过长江，来到广大的江南地区。当时北方很多州郡都约有三分之一的人口南迁，数量达到九十万人以上，百姓无不迫切希望有一个相对安定的局面。

乱世之中，琅琊王司马睿在机缘巧合下，成了司马氏政权的重建者。司马睿的祖父是司马懿的庶子，算起来他是晋武帝司马炎的侄子辈。虽然从小锦衣玉食，但司马睿却不像其他的公子哥儿那样骄奢淫逸、胡作非为，因此一直颇有声誉。十五岁时，他的父亲司马觐去世，司马睿就继承了琅琊王的爵位。

司马睿向来没有什么远大志向，但他的运气一直很好，在乱世中躲过了一次次劫难。"八王之乱"时期，司马越挟晋惠帝和众多朝臣出兵讨伐司马颖，司马睿也参与其中。后来司马越战败逃走，惠帝和朝臣被司马颖一股脑儿抓到了邺城，司马睿却趁着雷雨和大雾的天气逃了出来，回到琅琊。一年后，司马越再度起兵，司马睿留守后方。永嘉之乱，西晋王室几乎被消灭殆尽，司马睿却由于身在后方，侥幸逃过了一劫。

运气以外，司马睿还有一个很好的辅助者，那就是他要好的朋友王导。王导出身于魏晋名门琅琊王氏，年少时就表现出不俗的容貌和气度，被人视作将相之才。司马睿一直都很器重他，常常向他咨询军国大事。307年，在王导的建议下，司马睿来到建邺（今江苏南京）这片安定富庶之地，远离了中原的战火纷争。

三国时期的东吴灭亡后，江南相对安定，积累了大量的粮食、财富，世家大族掌握着很大势力。他们看不起那些从北方迁来的人，把他们称为"伧（cāng）夫"，也就是贫贱的粗汉。南下的司马睿虽然身为皇族，可来到江南后，仍然是个没有名望的人，南方大族中的头面人物没有一个来拜见他。所以，作为想要在南方站稳脚跟的北方士族，收拢当地士族的人心就成了司马睿的当务之急。

收拢人心建东晋

为了树立司马睿的威望，王导和族兄王敦一起，策划了一场盛大的出游。

按照当时江南的习俗，每年三月初三人们都要到河畔祭祀、求福。王导借着这个时机，亲自安排了一场以司马睿为主角的大戏。司马睿乘坐着预先准备好的华丽的轿子，大摇大摆地在大街上巡游。威严的仪仗队伍接踵摩肩，一眼望不到头。街上的人看见如此排场的队伍，纷纷聚过来看热闹。江南世族的头面人物看见平时尊荣华贵的王敦、王导兄弟竟恭恭敬敬地在司马睿身边陪侍，也深信司马睿势力强大，恐怕正是将来保卫江南免受北方侵扰的大人物。于是各大世族纷纷前来拜见，司马睿的威望一下子得到了空前的提高。

有了江南世家大族的支持，北方南迁的人也大多前来归附。司马睿在王导的建议下招揽贤能之士，为自己所用，江南的局势渐渐安定。当晋愍帝被俘的消息传来，司马睿就被推举成了晋王。第二年愍帝被杀，司马睿在一番劝谏之下登上皇位,他就是晋元帝。这个在建康(即建邺)重建的晋王朝历史上称为"东晋"。

晋元帝能坐稳东晋的江山,主要是靠王导、王敦兄弟的鼎力支持。王敦掌管整个建康上游各州的军事力量,王导更是全心辅佐晋元帝,为东晋政局的确立和巩固立了大功。当时,有个叫作桓彝的将军满怀希望地来到建康,发现东晋的实力并不强,因此十分失望。可是跟王导见面详谈之后,他立即充满了信心,说:"我们的王大人就像辅佐齐桓公称霸的管仲那样了不起,我也没什么好发愁的了!"南渡的官员们由于经历了中原的变乱,很多人情绪低落。他们空闲时在长江边的新亭摆下酒来饮宴,聊起刘渊、石勒的凶狠残暴,想起亲人的生死别离,不由得流下眼泪,哀叹说:"眼前的景色虽然美丽,可总归不是中原的山水呀。"此时,王导却激励大家说:"正因如此,大家才应该竭尽全力辅佐皇上收复中原哪,像个囚犯一样只知道抹眼泪怎么行?"大家受到鼓舞,这才止住眼泪。

晋元帝对王导非常敬重,称他为"仲父"。举行即位大典时,也硬要拉着王导一起坐在御座上。王导坚决推辞,元帝却三番五次邀请,这在历史上是绝无仅有的事。不仅如此,在整个东晋王朝,王家都是最为显赫的一个家族,

"王与马，共天下"的东晋政局

王导本人当了三朝元老,他的后代也都在东晋朝廷里担任重要职务,所以当时的谚语称"王与马,共天下"。

壮志未酬的祖逖(tì)

晋朝的很多官员、士人虽然南迁了,心中却仍然惦记着有朝一日能回到故乡。可此时的中原正被凶横强大的少数民族占领,收复家园谈何容易!当时大部分人都只是在心里想想,但有一个人却真正将这种豪情壮志付诸行动,他就是祖逖。

祖逖出身北方大族,生性旷达,不受拘束。他少年时常常接济贫困之人,轻财重义,十分受乡亲们敬重。成年后他开始发奋用功,成了一名有学问的士人,当时的人们都称赞他有辅佐君主治理天下的能力。祖逖在与儿时好友刘琨一起担任司州主簿时,他们常常讨论时事到深夜,抱定信念要在天下大乱之时,在中原做出一番事业。为此,两个人每天不等天亮,只要听到公鸡开始打鸣就会起床,结伴舞剑练武。这也是"闻鸡起舞"这一成语典故的由来。

洛阳在"永嘉之乱"中失陷后,刘琨率部队与刘聪、

闻鸡起舞的祖逖与刘琨

石勒等人周旋，祖逖则率领宗族乡里几百号人背井离乡前往江南避难。途中他把车马让给老弱病残，把衣服、粮食、药品分给同行的人，一路上越过重重险阻，被推举为主持行旅的"行主"，最终安全将父老乡亲护送至江南。

抵达江南后的祖逖想起沿途目睹的百姓悲苦，心情非常沉痛，于是向司马睿建议："国家发生如此严重的变乱，百姓惨遭蹂躏，人人心有不满。皇上若能任命我这样的人为统帅，率军北伐，北方的豪杰们必会响应，流亡的人民也会受到鼓舞！"然而司马睿只想保住自己在江南的地盘，无心进取，但他也不好公开反对北伐，虽然嘴上答应，却只提供可供千人的口粮以及三千匹布，让祖逖自己去铸造兵器、招募士卒。

信念坚定的祖逖没有被困难吓倒，他欣然受命，率领跟随自己南下的勇士毅然渡江北上，开始了漫漫征程。当船只行至河流中央，祖逖怀着满腔豪情，敲击船桨发誓道："我祖逖此次若是不能扫清中原的敌人，就像这大江之水一样，有去无回！"同行的部下都被他的气魄折服，"中流击楫"的典故也流传至今，用来比喻收复失地、报效国家的激昂意气。

祖逖渡江后，在淮阴（今江苏淮安）招兵买马，铸造兵器，招募两千名勇士，组建了一支自己的部队——"祖家军"。带着这队兵马，祖逖从淮阴向北进发，正式开始了扫清中原、收复北方失地的行动。当时，击败了刘曜的羯族人石勒基本占领了整个北方，实力强劲。黄河南岸的豪强武装惧怕石勒，像墙头草，今天倒向石勒，明天又回归晋朝，祖逖就决定先争取这些人。一些深明大义的豪强、将领被祖逖的报国热忱感动，纷纷归顺。祖逖就这样打通了北伐道路。

经过三年多的征战，祖逖基本收复了黄河以南的领土，然而换来的却是朝廷的猜忌。当祖逖准备第二次北伐时，却被晋元帝司马睿派的心腹夺了兵权。祖逖忧愤成疾，不久病逝。曾被他收复的河南地区重新被石勒夺走，北伐的成果就这样断送了。

2. 一代枭雄桓温

崛起于乱世之中

其实，司马睿对祖逖有戒心也是有理由的。因为并不是所有北伐将领的目的都是为司马氏收复失地，也有人有更大的野心，比如崛起于乱世之中的一代枭雄桓温。

当时，苟安于东南半壁江山的东晋内乱不断，曾经拥立晋元帝司马睿的大将军王敦两次起兵谋反，独揽大权，元帝忧愤而死。后来，大将苏峻又起兵叛乱，攻入建康，最终兵败。在这场叛乱中，桓温之父、宣城太守桓彝被人杀害。这一年，桓温才十五岁。他每日头枕兵器睡觉，哭泣时眼里流出血泪，誓报杀父之仇，重振家业。三年后，这位少年终于手刃仇敌，声名远扬。

桓温身材魁梧，相貌不凡，性格也豪爽。晋成帝司马衍很欣赏他，将自己的妹妹元康长公主嫁给他，桓温就成了驸马，从此官运亨通，后升任荆州刺史，掌握长江上游的兵权。桓温上任后，打算西伐，进攻蜀地的成汉，以建立功勋。他向朝廷表明伐蜀决心后，竟不等回复就率军西进了。这一肆意妄为的举动引来了朝廷的担忧，众臣也以为他会战败。结果桓温成功攻入成都，蜀地被收复。立下如此大功，朝廷只好封他做征西将军。桓温在树立威望的同时，也招来了忌惮。

349年，后赵皇帝石虎病死，北方政局混乱，桓温认为这是北伐的大好时机，立即上表请求出征。主政的琅琅王司马昱担心他权势膨胀会对朝廷不利，迟迟不予答复。桓温按捺不住，再一次自作主张率领五万大军从荆州顺流而下。朝廷担心他要像王敦那样叛乱，人人自危，司马昱连忙写信规劝，桓温这才回到荆州。

其实此时东晋朝廷已有北伐之心，只是他们不想让桓温继续立下战功，免得日后不好控制。于是司马昱无视桓温的屡次上表，让中军将军殷浩带兵北伐。可殷浩只擅长清谈，打仗却不怎么样，因此屡次战败，军资也消耗了很多。桓温乘机上奏，要求把殷浩撤职问罪，朝廷没办法，只好照做，并同意桓温带兵出征。从此，东晋就再也没有人能阻止桓温北伐了。

三次北伐

这时后赵已经衰亡，占据着中原的是氐族人建立的前秦。354年，桓温兵分三路，北伐前秦。桓温的军队所向披靡，很快就打到了长安，驻扎在长安郊外的霸上。周围的老百姓高兴极了，他们牵着牛、提着酒，前来犒劳晋军。一位老人流着泪说："没想到我有生之年还能再见到晋朝的军队！"可这时桓温的军粮已经不多了，他只好按兵不动，准备等当地的麦子成熟之后，备齐军粮再图进取。此时前秦的军队也开始扭转战局，再加上军粮紧张，桓温只好先退兵。

两年后，桓温再次出兵北伐，这次他的对手是姚襄。姚襄本是羌人，由于在中原的战乱中失利，便投降了晋国。殷浩北伐时嫉恨他的才干，总想除掉他，姚襄忍无可忍，干脆脱离东晋，自封大将军、大单于。当时有很多将士自愿追随姚襄，因此他轻松攻下了许昌，然后围困洛阳。为解洛阳之围，桓温大举出兵。姚襄听说率兵前来的人是桓温，不敢大意，严阵以待。桓温亲自披上铠甲，到各处战场上督战。晋军摆下严密阵势，大破姚襄，收复了洛阳。桓温在洛阳修复了皇陵，带着大批归降的百姓南迁，回到了长江流域。这一战为桓温带来了极大的声望。

然而中原的形势太乱，桓温刚回到南方不久，洛阳又被前燕的慕容氏占领。面对前燕的挑衅，桓温决定再次北伐。他一路不断取胜，占领前燕大片土地，逼近前燕都城邺。前燕皇帝十分恐惧，全力抗击。桓温与燕国大将慕容垂率领的八万大军在枋头对峙，战局迟迟不见分晓，晋军的粮食耗尽，桓温只好烧掉战船退兵。结果慕容垂一路追击，晋军死伤达三万人，桓温的第三次北伐就这样以失败结束了。

不彻底的野心家

桓温是武将出身，不似东晋的王、谢两家士族那样有地位。但他素来有野心，一生都想建立超出常人的功勋，甚至有"一个人若不能流芳百世，那就该遗臭万年"之语。他本想在河朔立功，赢得更大声望，回朝后接受九锡——这是天子赐给有特殊功勋之人的九种器物，代表了最高礼遇，也是篡逆的代名词。谁知第三次北伐失败，桓温的名声大大受损。为了重振威望，他听从谋士郗（xī）超的建议，悍然带兵入朝，废黜当时的皇帝司马奕，改立琅琊王司马昱为皇帝，就是晋简文帝。

简文帝即位后，晋升桓温为丞相，留他在京师辅政。为了保持军事实力，桓温坚持回到了姑孰（今安徽当涂），但仍然权倾朝野。由于这是晋朝第一次发生废立皇帝的事，加上大批皇室成员被贬、大臣被杀，朝野上下人人自危。简文帝的皇位坐得并不安心，时时担心被废，其间又派人请桓温入朝辅政，桓温推辞。372年，简文帝病重，一天之内连发四道诏书急召桓温回朝，桓温依旧不肯。简文帝只好传下遗诏，让桓温摄政，并说："如果你觉得我的儿子不值得辅佐，就自己取了江山吧。"但是侍臣王坦之、谢安却坚决反对，认为先祖费尽心力取得天下，不能拱手让人，并当面将诏书毁掉。简文帝只好重写遗诏，将"摄政"改为"辅政"。简文帝驾崩后，其子司马昌明继位，是为晋孝武帝。

桓温本以为简文帝会把皇位禅让给自己，或让自己摄政，如今好似被人泼了一盆冷水，心中非常愤怒。可是继位后的孝武帝请他入朝辅政，他仍不肯，却突然率领军队来到建康，说要拜谒简文帝的皇陵。京城人心惶惶，都谣传桓温要篡位称帝。奉命前去迎接的王坦之见到桓温在房间四周都安排了手执兵器的卫兵，吓得汗流浃背，同去的谢安却神色自若，从容不迫地对桓温说："我听说诸侯如果有德行，只要好好守卫边疆就可以了，您怎么把士兵都安排到墙根后头了？"桓温笑了笑说："我也是在军队里待久了，没办法。"就让士兵退下了。

桓温回到驻地，不久后就生大病去世了。回顾桓温的一生，曾经全身心投入北伐，却终究未能实现大业，壮志被扭曲成野心，走上了一条专权的不归路。其实，桓温只能算是一个不彻底的野心家，也并非不择手段之人，仍称得上是个心系家国天下的枭雄，至死也没有越过最后的底线。正因如此，谢安才能不费一兵一卒，阻挡住桓温篡位自立的步伐。

3. 东晋与前秦的决战

苻坚投鞭断流

相比南方的东晋，同一时期北方的十六国局势更加混乱动荡。在群雄混战的乱世中，不只南方的有志之士想北伐，北方政权的霸主也想南征，从而一统天下。其中最有名的就是前秦的皇帝苻坚。

苻坚从小就聪明过人，八九岁时言谈举止已经像成人一样。当时有个叫徐统的人擅长看面相，有一天他在路上看到年幼的苻坚，对随行的人说："这孩子面相不同寻常，有霸王之相。"后来两个人再次相遇，徐统对苻坚说："阁下日后必定大贵。"苻坚自幼就非常好学，随着学识的不断增长，他立下了统一天下的大志向。

登上前秦皇位之后，苻坚面临的是前代暴君苻生留下的一片混乱景象。他果断地整顿吏治，让百姓休养生息，实现了政局的清明和社会的安定。他深知为政以得人为本，下令广招贤才，提拔重用了一批有才能的汉族士人，其中的佼佼者就是寒门出身的王猛。

王猛本是东晋的士人，虽然满腹才华，却因为出身贫寒，在门阀士族当道的东晋很难被重用。他曾主动求见桓温，身着麻布短衣一边在身上抓虱子，一边纵谈天下大势。桓温觉得王猛见识出众，便许给他高官厚禄，但王猛看出桓温不是一个能成大事的人，就谢绝了。后来，他经人推荐认识了苻坚，两个人一见如故。苻坚非常信任王猛，拜他为中书侍郎，之后不断提拔重用。在王猛的辅佐之下，苻坚对内整肃法纪，任用贤才，奖励农桑，缓和民族矛盾，国力越来越强。对外，苻坚先后消灭了前燕、前凉、代国，又夺取了东晋的梁、益二州，整个中原都在他的掌控之下。

苻坚与王猛君臣二人都有统一天下的理想，但两个人在具体战略上却有着严重分歧。王猛主张先统一北方，打好基础，直到临死前都在叮嘱苻坚，切不可贸然进攻继承正统的东晋，要与之和睦相处，鲜卑人和羌人才是应该提防的仇敌。可雄心勃勃的苻坚却觉得应尽快拿下东晋，统一天下，像秦始皇那样做个流芳百世的雄主。

王猛去世八年后，苻坚认为时机已到，便召集人马，想亲自带兵南征东晋。很多大臣不同意，认为前秦连年征战，将士疲惫，应当休养。鲜卑、羌人的威胁未除，是一大隐患，再加上东晋有长江阻隔，很难平定。这时，有人还搬出了王猛的遗言，可是苻坚并未动摇。他说："从前吴国也有长江天险，不还是被灭了吗？我有雄兵八十七万，把所有马鞭投到长江里就能截断水流，有什么好担忧的呢？"

此后，"投鞭断流"这个成语在后世也成了人马众多、兵力强大的代名词。

天下苍生望谢安

苻坚大军绵延不断，先头和后续部队的人马相隔千里，气势如虹。当时军情危急，东晋上下一片惊慌，宰相谢安却非常镇定。

谢安出身士族，家里几代都是大官。他的品行、才能、风度都极为出众，自小以清谈闻名，青年时就受到很多人赞扬。甚至有人说："要是谢安不出来做官，天下的老百姓可怎么办哪？"可谢安自己却无心官场，隐居在会稽的东山，和王羲之等人游山玩水、吟诗作文。后来谢氏家族在朝廷中的人死的死、罢官的罢官，为了担起责任，四十岁的谢安终于接受桓温的聘请，做了幕僚。

简文帝死后，桓温有心篡位，谢安一直不动声色地联合其他士族支持朝廷，挫败桓温的政变意图。桓温死后，谢安升任尚书仆射，与尚书令王彪之共同辅政。为了拱卫都城建康，抑制桓氏势力，谢安积极调解皇族和门阀之间的矛盾。而面对北方前秦的不断袭扰，谢安派侄子谢玄前往京口（今江苏镇江）重整防务，时刻提防虎视眈眈的前秦。

京口自东晋建立以来一直是军事重镇，由于此地是东晋的最北方，故又称"北府"。西晋末年开始，北方就有很多人南下迁居到京口。这些长途跋涉而来的北方流民有责任心、能吃苦，而且强壮彪悍，战斗力很强。东晋初年的重臣郗鉴曾从中挑选了最精壮的人，组建军队。殷浩曾率领这支军队北伐，桓温掌权后，又把这批人马抢到了自己手里。可殷浩、桓温都打了败仗，人马早已散去。于是，谢安就派谢玄到此地重新招募士兵，猛将刘牢之等人也来投奔。他们日夜操练，很快就组建了一支后来威震天下的"北府兵"。

383年九月，苻坚带领的前秦大军压境，谢安以征讨大都督的身份负责军事，命弟弟谢石、侄子谢玄为统帅，带领北府兵八万人应战。谢玄虽然有勇武的军队，但是面对前秦如此强大的兵力，还是有些慌张，便去问谢安有什么谋划。谢安神色泰然，轻描淡写地说："朝廷已经另有安排了。"说完就没话了。谢玄心里还是没底，又让自己的好友张玄去问。这时的谢安已经驾车去了山中的别墅，见张玄来访，知道他是围棋国手，就叫他和自己对弈，各用一套别墅为赌注。紧张不已的张玄无心下棋，谢安赢了张玄，高兴极了，回头对一旁的外甥说："舅舅今天赢了一座别墅，就送给你吧！"说罢便继续游玩，直到晚上才返回府邸，召集谢石、谢玄等将领，把详细的部署一一交代清楚。

淝水之战

一开始，前秦军仗着人多，一路所向无敌。十月，苻坚的弟弟苻融攻下寿阳（今安徽寿县），前燕降将慕容垂占了郧城（今湖北安陆），卫将军梁成抵达洛涧（在今安徽淮南），并继续向前逼近。谢石初战不利，苻坚便派出此前俘虏的东晋降将朱序劝说他投降。可是朱序心仍在东晋，私下提示谢石想取秦军，宜先发制人。他说："秦军部队相隔太远，如果尽早将他们的先头部队击败，后面的部队就不在话下。可要是坚守不战，等他们大军聚齐，晋军就再也无能为力了。"

原本采取防守策略，打算趁秦军疲惫再反攻的晋军，听取了朱序的建议，决定主动出击。十一月，谢玄派刘牢之带领北府兵五千人夜渡洛涧，袭击梁成大营，揭开淝水之战序幕。秦军听信了此前谢安派人散布的消息，以为晋军兵少而弱，根本没把他们放在眼里，怎么都没想到会遭到突袭。此一战，秦军损失将领十余人，兵士一万五千人。晋军士气大振，水陆兼程，西行至淝水东岸驻扎。苻坚听说消息，亲自登上城楼观察对岸晋军的情况。当时正是隆冬，只见晋军阵容严整，八公山上树木随风摇晃，看上去像是无数正在操练的晋兵。苻坚大惊失色，说："这分明是一支劲旅！"这也是成语"草木皆兵"的来历。

不久，谢玄派使者下战书，让淝水西岸的秦军稍微

东晋以少胜多的淝水之战

退后,以便晋军渡河,决一死战。苻坚爽快答应,心里打算趁晋军一部分人渡过淝水时发动突袭。结果当秦军后移时,晋军率先渡水发动突击。朱序则安排士兵在秦军阵后大喊:"前线的秦军败了,前线的秦军败了!"秦军顿时乱了阵脚,晋军则乘机渡过淝水,发起猛烈进攻。

秦军溃不成军,苻融阵亡,苻坚也被箭射中,仓皇逃跑。一路上,秦军听到风声和鹤鸣,都以为是晋兵追过来了,吓得胆战心惊——这就是成语"风声鹤唳(lì)"的由来。回到北方后的秦军,只剩下了十来万人。看到前秦兵弱,过去那些慑于军威而被迫臣服苻坚的人纷纷乘机起兵。鲜卑人慕容垂起兵建立后燕,慕容泓建立西燕,羌人姚苌建立后秦。苻坚自己也被姚苌杀死,此后前秦勉强维持了十余年,最终灭亡。

作为淝水之战的胜利者,东晋遏制了北方少数民族的侵扰,稳定了统治,得到了稳定和发展社会经济的机会。淝水之战也成为历史上著名的以少胜多的战例,在古代军事史上占有一席之地。

读 史 点 评

东晋皇族需要依靠士族门阀才能执掌权力,这主要是由于西晋统一中国后,并没有在江南建立深入的统治,南方的势力仍掌握在当地的士族手中。而司马睿本身是西晋诸王中势力较弱小的一支,依靠王敦的军事支持和王导的政治协调勉强坐上了皇帝宝座,更难取得世家大族的共同拥戴。

这样的统治并不稳固,皇权与士族之间的妥协只是暂时的平衡,很容易被打破。士族对皇权的挑战,前有王敦起兵,后有桓温专权。与之相对,司马氏皇族成员则努力遏制王氏、谢氏、桓氏等大家族的势力。皇权与世家大族间的矛盾、各个世家大族间的矛盾,使得东晋的统治岌岌可危。只求偏安的朝廷既不能支持祖逖、桓温收复失地,也无法牢牢掌控朝政大权,依靠谢安等士族人物,才勉强维持了政局稳定。他们还利用北府兵的战斗力和前秦的战术弱点,侥幸取得了淝水之战的胜利。

这种局面终究不能持久。此后,东晋的脆弱统治接二连三地遭到农民起义、权臣专断的打击，最终灭亡在刘裕的手下。来自外部和内部的诸多挑战是东晋王朝无法承受和抵御的，被手握重兵的军阀取代，也是不可避免的结局。

思考题

《孙子兵法》说："如果敌军渡河前来进攻，不要在江河中迎击敌人，趁对方部分已渡、部分未渡时攻击才最有利。"苻坚在淝水之战中依照这个办法，最终却没能成功。想一想，从淝水之战的整个过程来看，苻坚大军失败的原因有哪些？

第三章

轮番登场的南朝皇帝

1. 平民皇帝刘裕

崭露头角

淝水之战，谢安、谢玄叔侄功勋卓著，声名达到顶峰，却也因此遭来很多人的妒忌，尤其是当权皇族司马道子的排挤。谢安两年后就病死了，谢玄也被削夺兵权。掌握着北府兵的大将刘牢之，此时成了众多政客拉拢的对象。他有时投靠这个，有时投靠那个，可终究只是权贵们手里的工具，自己没什么建树。而他手下一名叫刘裕的小将，却迅速成长为举足轻重的人物。

刘裕是汉高祖刘邦之弟楚元王刘交的后代，祖上在西晋末年迁到了京口。到刘裕时家境贫穷，母亲在他出生后不久就病故了，家里人无力养育他，只好把他寄养在姨母家，刘裕的小名也因此叫作"寄奴"。刘裕身高力大，早年靠砍柴、种地、打鱼和卖草鞋维持生活，后来从军，成为北府兵的一员。由于表现出色，他很快得到提拔，在一位叫作孙无终的北府军将领府中做司马。

东晋战争不断，需要大量钱粮，朝廷只好向老百姓搜刮。当时的士族地主占据大片土地，甚至霸占整座大山、整个湖泊，不让人砍柴、打猎、打鱼，这让老百姓的日子苦上加苦，阶级矛盾激化。399年十一月，有个信奉五斗米道（东汉时创立的早期道教派别）的孙恩在会稽（今浙江绍兴）起兵反叛，号召人民起义。各地农民纷纷杀官响应，很快拿下了东南八郡。起义军多达十万，朝野震惊，连忙派刘牢之率北府兵前去剿杀。正是在此时，刘裕经孙无终推荐，转入刘牢之手下，做了负责参谋军务的参军。

北府兵训练有素，刘裕更是勇猛过人，常常身先士卒，冲锋在前。起义军被逼得四处转战，后来乘船经海路向西进军，抵达京口，共十余万人，准备突袭丹徒（今江苏镇江）。当时刘牢之的大队人马还在山阴，来不及赶到。刘裕闻讯，率部下马不停蹄地追赶，和起义军同时抵达蒜山。孙恩率几万名起义军抢占高地，登上了江边的蒜山，遭刘裕带领的北府兵猛攻，节节后退。很多起义军被逼到江边的山崖上，相互推挤，掉入滚滚长江。

刘裕率部乘胜前进，连续挫败起义军。兵败的孙恩乘着小船一路南逃，后来因为畏惧被俘而跳水自杀。

由于在镇压孙恩起义的过程中多次立下军功，刘裕被封为建武将军，声望也日益增长。

"气吞万里如虎"

为镇压孙恩起兵，东晋朝廷消耗了不少兵力，京防空虚。趁此机会，原本盘踞在长江中上游的桓温之子桓玄率领军队攻入建康，掌握了军政大权，后来更是篡夺了帝位。刘牢之本来奉命抵抗桓玄，却临阵倒戈向桓玄投降。可是桓玄一朝得势，就收夺了北府兵的兵权。刘牢之很后悔，想要起兵讨伐桓玄，然而大势已去，最终被逼自杀。这时刘裕审时度势，暂投桓玄门下。

作为北府兵的后起之秀，刘裕很受桓玄赏识。但他厌恶桓玄的做法，所以只是表面上顺从安排，却在暗中秘密联系北府兵余部，想等待机会反攻。404年，刘裕假借打猎之名，聚北府兵残部一千七百余人在京口起义。各地纷起响应，桓玄虽组织部众抵抗，仍挡不住北府兵的进攻，自己也在逃亡途中被人杀死。

刘裕出身寒微，过去一直被世家大族轻视。可桓玄篡位时这些士族毫无作为，反倒是刘裕出兵抵抗，还恢复了司马氏的帝位，立下不世功勋。为褒奖刘裕，东晋王室将八个州的军事和朝廷百官都交给他掌管，刘裕自此成了东晋实际上的主人。掌权后，刘裕以身作则，约束百官，清理朝政，使得东晋风气大变。后来，他又诛杀桓玄余党，扫清了叛军。

内忧解去大半，刘裕便将目光投向了一直威胁着东晋统治的北方。409年，南燕皇帝慕容超率兵肆虐淮北，将两千多人掳去南燕做奴隶。为了边境的安宁，也为了壮大自身势力，刘裕率军讨伐南燕。他率领部众越过大岘山，把四千辆战车分为左右两翼，兵车相间，与慕容超的骑兵精锐对战，一举攻克临朐。南燕主慕容超退守广固城，刘裕乘胜追击，派人挖深堑、筑长围，将他们围得水泄不通。南燕的援兵无法到达，大臣纷纷投降东晋，广固在第二年就被攻破了。慕容超被押送回建康，斩首街市，至此南燕被刘裕消灭。

刘裕北伐在外时，孙恩的余部卢循乘机起兵，连取几郡，北袭建康。刘裕马不停蹄回防建康，在敌众我寡的情势下力排众议，拒绝北归广陵避敌的建议，决意与卢循死战，最终平定了这场叛乱。接着，刘裕又向西收复巴蜀、汉中，消灭了东晋内部的其他割据势力。416年，趁着北魏灾荒、后秦内乱，刘裕亲率大军再次北伐。他派大将王镇恶、檀道济为前锋，一路攻克了洛阳、潼关，并在那里征集军粮，与秦军相持。第二年，刘裕亲率大军北上，遭到北魏派来的十万大军阻截袭扰。刘裕率大军抢渡黄河，在岸边摆开百辆战车，每辆战车配备七百名士兵，形成一个半圆形的阵势，名叫"却月阵"。待魏军攻来，阵中的士兵分工配合，有的用盾牌防守，有的射箭，有的用锤、槊杀伤敌人，把魏军打得大败。刘裕继续率军西进，连连取胜。大将王镇恶一路攻入后秦都城长安，后秦君主姚泓投降，后秦灭亡。

刘裕的北伐取得了空前的战绩，后来南宋词人辛弃疾曾写道："想当年，金戈铁马，气吞万里如虎。"以此追忆刘裕当时的北伐壮举，纪念这位杰出的军事天才。

建宋，开启南朝时代

刘裕两次北伐所向无敌，灭掉了南燕和后秦，这是东晋建立以来前所未有的胜利。虽然在他撤退之后，长安又被匈奴首领赫连勃勃建立的大夏占领,但刘裕还是收复了黄河以南、淮水以北以及汉水上游的大片地区,这对长江以南的安定发展是非常有利的。

凭借这十几年征战中立下的巨大军功,刘裕获得了显赫的地位,东晋朝中无人能与他匹敌。419年,刘裕以十郡建宋国,受封为宋公,接受朝廷的九锡——这正是当年桓温梦寐以求而没有求得的殊荣。420年,刘裕在废掉晋朝皇帝之后建立宋朝,改元"永初",东晋至此灭亡。刘裕就是宋武帝,他建立的政权则在历史上被称为"南朝宋"或"刘宋"。

刘裕称帝之后,吸取司马氏灭亡的经验教训,大力削弱割据势力,加强中央集权。他规定:荆州府设置将领数量不得超过两千人,官吏不得超过一万人,其他州设置将领数量不得超过五百人,官吏不得超过五千人。大臣带兵出征,只能带领朝廷的军队,回来之后还要交还朝廷,降低了大臣拥兵自重的危险。

此外,刘裕还下令整顿户籍,严禁世家大族隐瞒户口。除京口等地外,北方南迁的流民和当地的原住民一样种田缴税,不再区分。那些士族封禁大山、湖泊的行为也被禁止。经过刘裕的改革,南朝宋的政局稳定,经济得到了发展,国力也大大增强,到他的儿子刘义隆继位时,更是形成了"元嘉之治"的大好局面。

作为一流的军事家,刘裕凭借自己显赫的战功走上了东晋末年的政治舞台。他不仅建立了自己的王朝,也开启了南朝重用寒门的时代,终结了门阀的专政,并开拓了整个南朝最辽阔的疆域,因而被后人誉为"定乱代兴之君"。

2. 武将萧道成建齐

滥杀成性的宋朝皇族

刘裕称帝后不久就患上重病,于422年去世了。他死后,长子刘义符继位,但仅仅两年后就被辅政的权臣徐羡之等人杀掉,年仅十九岁,后世称之为"少帝"。少帝没有儿子,于是他的二弟刘义隆即位,改元"元嘉",他就是宋文帝。

宋文帝即位后,表面上对当年刘裕倚重的徐羡之、傅亮、谢晦这三大权臣十分优待,主动给他们加官晋爵,而实际上，这只是让他们放松警惕的计策。心思缜密的宋文帝对这些人很是防备，他积极寻求其他大臣的支持，并逐渐掌握了禁军的控制权。等到时机成熟，宋文帝便一举除掉了这三个权臣，也为自己的兄长少帝报了仇。此后，宋文帝开始大力整顿吏治，广开言路，使政局变得清明起来。他奖励农耕，减免赋税，减轻百姓的负担，在位期间出现了经济繁荣、社会安定的局面，被后世誉为"元嘉之治"。

然而，这样的安定局面没过多久就被打破了，起因则是太子刘劭。刘劭身为宋文帝的嫡长子，自幼便被立为太子，深受宠爱。但他平日便行为不端，后来更是为了不让宋文帝知道自己做过的那些事，听信女巫之言，用巫蛊之术诅咒宋文帝。因为担心事发之后自己的太子之位不保，453年，刘劭竟伙同弟弟刘濬一起发动宫廷政变，命手下心腹残忍地杀死了父亲。

至此，刘宋皇室的血腥杀戮并没有结束。仅三个月后，刘劭的弟弟刘骏便起兵杀死了刘劭、刘濬这对弑父元凶，即位为孝武帝。孝武帝颇有才干，在位时削弱士族权力，抑制土地兼并，强化中央集权，也增强了国力和军力。为巩固皇位，孝武帝先是除掉了起兵叛乱的皇叔刘义宣，后来又先后杀掉了南平王刘铄、武昌王刘浑、竟陵王刘诞、海陵王刘休茂等宗亲。整个刘宋一朝就这样在连续不断的争权夺利和互相杀戮中度过，凶狠残忍的程度甚至超过西晋的"八王之乱"。

464年，孝武帝去世，他的儿子刘子业即位。登基后的刘子业暴虐无道，任意屠杀朝中大臣，甚至羞辱自己的叔叔湘东王刘彧等人，称他们为"猪王""贼王"。他用木槽盛放各种杂乱的食物，在旁边挖个泥坑，让肥胖的刘彧像猪一样趴在那里拱食。刘彧忍无可忍，便派人刺杀刘子业，自己当上了皇帝，他就是宋明帝。在一些地方实力大员的支持下，孝武帝之子刘子房、刘子勋等人整合十几万大军，起兵反对明帝。明帝则派出自己手下的武将平定了这场叛乱，其中有一位功劳比较大的将领名叫萧道成。正是这个萧道成，在后来结束了刘宋武帝以来的暴政。

深受倚重的外姓人

萧道成出身庶族，地位并不显赫。但是萧家有个女子嫁到了京口刘家，刘家又养了个好儿子叫刘裕，就是宋武帝。萧家人互相提携，因此萧道成的父亲萧承之也有机会做到太守、将军，成为刘宋时期的著名武将。萧道成少时曾跟随名士雷次宗学习儒家经书，后来因为父亲要带兵驻防，便放弃学业，随军南下，慢慢地自己也开始领兵了。

宋文帝时，北魏太武帝拓跋焘调六十万大军进攻江南，双方两败俱伤。萧道成奉朝廷之命，与另几名将领带兵北上救援彭城，结果在半路上遇到了魏军。一番激战过后，其他将领全部遇难，只有萧道成大难不死，成功逃了回来。两年后，他又率军北征仇池，击破两处营寨，攻下一座城池，一路北上，距离长安只有八十里。当时正值文帝驾崩，又考虑到部众疲惫，萧道成便没有继续向前，带领大军南撤了。凭借这一次战功，萧道成受到朝廷的重视，被封为男爵。此后他陆续升迁，到明帝即位的时候，已经当上了右军将军。

明帝派萧道成去平定起兵反叛的宗室刘子房，萧道成连续攻破敌军十二处营垒，平定了好几个县。徐州刺史薛安的儿子薛索儿率马军、步军共万余人，屡战屡胜，一遇上萧道成却落了下风。刘子勋的军队攻入三吴地区时，萧道成配不齐战具，便用树皮绑在马身上，敌军远远看去，以为是装备精良的重骑兵，吓得不战而退。萧道成屡立战功，明帝因此一再提拔他，把北方的边防重任也交到他的手上。

为了保住皇位，明帝把孝武帝的儿子杀掉了十六个，他自己的五个亲弟弟也杀掉了四个。他对手握重兵的萧道成也不放心，可萧道成却总是表现得很坦荡。明帝派人给他送酒，他毫不疑心，端过来就喝。明帝召他回京，部下劝他找借口推辞，萧道成说："皇上杀死亲族，是因为太子年纪小，担心自己过世后叔叔们会起来夺权。我是个外姓人，有什么关系呢？"明帝觉得他没什么野心，就在临死前下诏，让他掌管禁军，和袁粲等三位大臣一起辅佐新君。

忍无可忍的反击

宋明帝死后，太子刘昱继位。第二年，宋明帝的弟弟桂阳王刘休范起兵两万，从江州东下来争夺皇位。这是过去王敦、桓温、桓玄等人多次干过的事，朝臣们惊恐万分，派萧道成和另两位将军刘勔（miǎn）、张永分别防守。结果刘勔兵败被杀，张永的部队也被击溃。而萧道成和士兵们一起彻夜不眠，顽强抵抗，在水上和陆地都击败了叛军，并将刘休范斩首。两年后，刘昱的堂兄刘景素又起兵造反，也被萧道成平定了。萧道成平叛有功，权势和声望远超其他朝臣。连老百姓见了他，都会指点着说："就是这位贵人保住了国家呀！"

可是萧道成保下的小皇帝刘昱实在算不上明君，他经常跑出宫去疯玩，在衙门里、军营中或大街上到处乱闯。他的护卫手执兵器，不管前面是行人还是狗马牛驴，上去就打杀，给刘昱开路，老百姓吓得都不敢在路上走。有一次，刘昱直接带着几十人闯进了萧道成的军府。当时正是夏天，萧道成露着肚子睡午觉，刘昱让人把他拉起来，在他的肚子上画上箭靶的标识，拉满弓就要射。萧道成连忙跪地求饶，旁边的随从也为他求情，刘昱便把箭头去掉，一箭射中萧道成的肚脐，扔下弓，得意地哈哈大笑。

经过这次惊吓，萧道成再也无法忍受辅佐这样的昏君了，便命令手下收买皇帝的侍从杨玉夫、杨万年等人，打算伺机刺杀刘昱。有一天，刘昱喝得大醉，刁蛮地威胁杨玉夫说要杀死他。杨玉夫非常害怕，于是决定先下手为强，趁刘昱睡着的时候把他杀了。萧道成听闻消息立即入宫，拥立安成王刘准为帝，史称"宋顺帝"。萧道成大权在握，节节攀升，也扫清了袁粲等政敌，登上了权力的顶峰。479年，萧道成接受宋顺帝的禅让，在建康南郊称帝，改国号为"齐"，史称"南齐"，他就是齐高帝。

3."菩萨皇帝"梁武帝

骨肉相残何时休

齐高帝萧道成在位四年就因病去世了。他死后，长子萧赜（zé）继位，也就是齐武帝。武帝是一位明君，他在位期间继承了齐高帝崇尚节俭的作风，发展农桑，体恤百姓，削弱士族地主的权力。这一系列举措推动了江南地区的经济发展和社会安定，百姓总算过了几年太平日子。

高帝亲身经历过刘宋王朝骨肉相残的惨剧，临死前特别告诫子孙们要互相团结。但权力就像一种无法摆脱的诅咒，当南齐传到第三代的时候，同样血腥的故事又开始上演了。武帝去世后，他的儿子萧昭业继位。他荒淫无道，在位仅一年就被武帝的侄子萧鸾发动政变废掉了。三个月后，萧鸾干脆自己当了皇帝，就是齐明帝。明帝多疑，在位时几乎将高帝、武帝的子孙杀了个精光。他死后，其子萧宝卷继位，荒淫暴虐比萧昭业有过之而无不及。他不理朝政，经常到宫外胡闹，走到哪里就把哪里的老百姓赶走，连家里也不让待。他还大兴土木，建了很多宫殿，用昂贵的金、银、玉器和琉璃作装饰。他宠爱潘妃，用黄金打造了许多荷花，让她光着脚在上面走，说这是"步步生莲"。

萧宝卷牢记父亲的遗嘱：要吸取萧昭业的教训，如果有大臣反对你，就要先下手为强，别让他们再来抢你的皇位。因此，只要有大臣向他进谏，萧宝卷就觉得对方是在跟自己作对，将其直接杀掉。甚至连帮他平定叛乱的功臣萧懿也遭到猜忌，被他用毒酒害死了。这下可惹恼了萧懿的弟弟——时任雍州刺史、手握重兵的萧衍。

萧氏取代萧氏

萧衍从小就很聪明，好读书，博学多才。他本身有皇族血统，父亲萧顺之是齐高帝的族弟，曾经平定过巴东王萧子响的叛乱。可萧子响是武帝萧赜的亲儿子,因此萧顺之被武帝怪罪,最终忧惧而死。萧衍对武帝心存怨恨,因此明帝萧鸾废萧昭业,屠杀高帝和武帝的子孙,直到自立为皇帝,萧衍都是和他站在一边的。

这时中原的拓跋氏建立的北魏已经统一了北方。495年,北魏派王肃、刘昶(chǎng)率十万大军进攻南齐的司州。萧衍跟随大将王广之前去救援,他趁黑夜偷偷率军登上贤首山,让士兵们大声鼓噪,与城中的军队两面夹击,北魏军腹背受敌,军心大乱,自动溃败。萧衍因战功突出,很受齐明帝的赏识,北魏的孝文帝知道后也说:"南朝的萧衍善于用兵,你们以后不要跟他争锋,等我率大军到达后一起攻打他。如果能抓住这个人,南朝就归我们了。"

497年,北魏孝文帝亲率大军南下,进攻雍州。明帝派萧衍和五兵尚书崔慧景领兵增援。他们在雍州西北的邓城遭遇魏军,被围困了起来,萧衍建议趁敌人没站稳脚跟,先鼓舞士气杀出去。可崔慧景却心生畏惧,最终私自带着自己的人马逃走了。萧衍没有办法,只好也边战边退。战败后,明帝并未责怪萧衍,反倒让他出任雍州刺史,抵抗北魏的进攻。从此萧衍就有了自己的大本营,这也成了他后来夺权的资本。

明帝死后,继位的萧宝卷胡作非为,朝政一片混乱。萧衍在雍州跟部下说:"这样下去,将来一定会有大乱。我们多行仁义,积攒力量,像商朝的周文王那样取得天下的信赖。"他原本希望攒够实力,让自己的儿孙辈像周武王那样夺取天下。没想到萧宝卷不光滥杀大臣,还毒死了他的兄长萧懿,萧衍愤怒之下,决定不再等待,立即起兵造反。

500年,萧衍召集人马讨伐萧宝卷,没费什么力气就取得了胜利。掌权后,萧衍先是立萧宝卷的弟弟萧宝融为帝,两年后他又取代萧宝融,自己登上皇位,建立梁朝,他就是梁武帝。

四次出家的皇帝

梁武帝即位后,有样学样,几乎也把明帝萧鸾的子孙斩尽杀绝了。不过与前面几位皇帝不同,他寿命长,活到八十五岁,当了四十六年皇帝。在位期间朝中没发生什么内乱,边疆也比较安定。

梁武帝从小才思敏捷,曾跟随齐武帝之子竟陵王萧子良，同当时最著名的文人沈约、谢朓（tiǎo）等人一起吟诗作文。当时作文的人中最著名的八位被称作"竟陵八友"，梁武帝就是其中之一。他的儿子萧统、萧纲、萧绎，臣子沈约、刘勰（xié）、庾信、徐陵等人，也都是了不起的文学家。刘勰的《文心雕龙》和萧统的《昭明文选》更是中国文学史上杰出的著作。当时的梁朝堪称文化繁荣，令北朝的皇帝、士人都很羡慕。

梁武帝吸取了齐灭亡的教训，对于政事非常勤奋。他不分季节，总是每天五更就起床批阅奏折，冬天时手都冻裂了。他生活俭朴，平时吃粗米饭、穿布衣，居室里除了一张床，不用别的陈设。

但是，随着年事增高，梁武帝逐渐疏于政事，开始迷恋佛教，成为中国历史上有名的"菩萨皇帝"。在位期间，他兴建了两千八百四十六所佛寺，仅建康就有超过五百所。他本人也潜心修习佛法，不喝酒，不听音乐，五十岁以后甚至不近女色。不仅如此，梁武帝还在皇宫附近建了一所同泰寺，经常去那里拜佛讲经，后来甚至先后四次舍身到寺中出家。朝中大臣苦苦相劝，每次都要花费一亿香火钱才从寺里赎回他们的皇帝。此外，佛教传入中国时，只是规定不准杀生，而梁武帝却要求和

"菩萨皇帝"梁武帝

尚不准吃荤腥，这也成为汉传佛教的一大特点。

然而，在佛教风气兴盛之下，大量人口出家为僧，寺庙的兴建和维护也耗去了大量钱财，削弱了国家的经济和军事力量。这导致梁武帝在位后期政治腐败，政风萎靡，为后来的祸乱埋下了隐患。

4. 南朝的终结

侯景之乱

梁武帝在位时期，中原的北魏在534年分裂成了东魏和西魏。当时，东魏有个将领侯景因立过不少战功而得到重用，镇守河南之地。后来，他受到东魏君主的猜忌，心怀不满，打算投靠西魏。谁知西魏却对他非常冷淡，侯景便南下投奔梁朝，愿献出治下的十三州归附。

梁武帝早有收复中原的愿望，手下正缺优秀的将领，认为这是一个好机会，打算收留侯景。但不少大臣极力劝阻，觉得侯景这个人不讲信义，又手握兵权，恐成后患。梁武帝犹豫不决，这时他的宠臣朱异说："正是因为皇上您的圣明，敌国大将才会出于仰慕而归附哇。侯景向您献出十余个州，占了东魏疆土的一半，这大好的机会，陛下千万不要因怀疑而错过。"梁武帝听后决定接纳侯景，任命他为大将军，掌管河南的军政大权。但侯景虽归附了梁朝，暗中却仍与西魏联系，为自己留足了后路。

东魏得知梁武帝收留侯景后非常不满，先后两次派兵攻打侯景和梁军。在第二次战争中，梁军大败，梁武帝的侄子萧渊明被东魏俘虏，侯景也被东魏军击溃，归降时献给梁武帝的土地都被东魏收复了。梁武帝非常宠爱萧渊明，一心想救回这个被俘的侄子。东魏让萧渊明给梁武帝写信，说只要两国重归于好，便可放他回去。梁武帝看到侄子的来信不禁泪流满面，加上与东魏的交手让他看清了梁军的战斗力之不足，便动了与东魏讲和通好的念头。侯景得知此事后坚决反对，他害怕自己会被梁朝作为交换萧渊明的筹码，于是多次上书梁武帝请缨北伐，但都被驳回。

这样的状况让侯景感到自己很有可能被出卖，心腹们也劝他造反。于是在548年，侯景感到时机已经成熟，便起兵发动了叛乱。梁武帝从各地调集了二三十万援军，武帝的儿子湘东王萧绎也率大军从荆州赶来。可是各路援军将帅不和，萧绎也在暗中盘算等建康城破后乘机夺取帝位。结果侯景顺利地攻下建康，梁武帝被困在台城。虔诚信佛的梁武帝希望得到神佛的庇佑，保全平安，可这终究只是美丽的幻想——他最终被活活饿死在台城，时年八十六岁。

侯景控制京城后，立太子萧纲为帝，就是简文帝。三个月后，侯景废帝自立，见官民都不服从，就到处杀人以立威。侯景之乱不但严重削弱了士族门阀的力量，加速了南朝士族社会的灭亡，也令江南一带原本繁荣的社会遭到毁灭性的破坏，二十八万户人口的建康毁于一旦，扬州地区"千里绝烟，人迹罕见"。南方政权赖以存在的各种基础越来越薄弱，为以后北方统一南方创造了条件。

陈霸先趁乱崛起

眼看着江南在侯景的摧残之下变成了人间炼狱，梁朝的宗室、将领开始组织反击。坐镇江陵的湘东王萧绎派大将王僧辩讨伐侯景，原本驻扎在岭南的将领陈霸先也率三万精兵北上，与王僧辩会师后联手跟侯景作战，逐渐扭转了战局。

陈霸先出身贫寒，幼年时家里穷到用草垫当门，墙上也到处是裂缝。但他人穷志不短，一边苦读史籍与兵法，一边练习武功，受到乡里人的推崇。陈霸先最开始在乡中做村官，后来被提拔去建康，负责管理油库。不管干什么，陈霸先都一丝不苟，明达果断。梁朝宗室子弟、广州刺史萧暎很赏识陈霸先，提拔他做了自己手下的参军。541年有人起兵叛乱，萧暎被困，陈霸先率领精兵平叛，将他救了出来。后来，萧暎病亡，陈霸先被梁武帝任命为交州司马，后因功屡获加封。

侯景作乱逼死梁武帝后，萧绎、萧纪、萧纶、萧誉、萧詧（chá）等宗室各自占据一方，有的还勾结北齐或西魏，相互钩心斗角，争夺帝位。萧绎击溃其他几个宗室子弟之后，便开始集中力量讨伐侯景。他先派徐文盛率军数万出击，却被侯景击败。后来，他又命王僧辩为大都督，统率各路兵马讨伐侯景。侯景亲率一万多人前去迎战，与他会师的陈霸先假装败退，待侯景追来后再派预先埋伏的两千名弩手从后方攻击。侯景的军队大乱，连连败退。另一边，王僧辩则乘机率大军猛进，夺取侯景驻守的石头城。侯景仓皇逃窜，途中被自己的部将所杀，历时四年的一场大乱终于平定。

侯景死后，萧绎在江陵称帝，也就是梁元帝。陈霸先奉命镇守京口，王僧辩镇守建康。然而没过多久，梁武帝的孙子萧詧却勾结西魏，西魏派大军进攻江陵，梁元帝被杀，萧詧建立西梁，成了西魏的附庸。王僧辩与陈霸先自然不服，决定奉元帝之子萧方智为皇帝，作为梁朝的正统。这时北齐看到梁朝混乱，也想扶植一个亲近自己的梁朝宗室子弟做皇帝，于是派兵护送当初被俘的萧渊明回到江南。王僧辩派兵阻拦，却吃了败仗，只好接受北齐的要求，让萧渊明当了皇帝。

王僧辩改变主意拥立萧渊明的行为，令陈霸先极为恼怒。555年，陈霸先从京口发兵，偷袭建康城，杀死王僧辩，废黜萧渊明，让萧方智登上了皇位。此后，陈霸先又打败王僧辩的余党和北齐的军队，清除了面前的一切障碍，独揽朝中大权。557年，萧方智禅位于陈霸先，梁朝灭亡。陈霸先称帝，国号"陈"，他就是陈高祖。

平定侯景之乱而崛起的陈霸先

"隔江犹唱后庭花"

东晋以及南朝的宋、齐、梁都占据着长江以南的半壁江山，与北朝隔江对峙。由于梁朝诸王之间的争斗，西魏和西梁占据了南方的大片土地，陈朝只掌握着长江下游的一小块地区。陈高祖在位三年后去世，文帝陈蒨（qiàn）和宣帝陈顼先后继位，他们跟北齐、北周和梁朝的残余势力作战，一度收复了部分失地，政局也稳固了下来。后来北齐为北周所灭，北周又被隋文帝杨坚取而代之，中原再一次进入统一的稳定局面。而此时在南方，原本就弱小的陈朝迎来了一位软弱的君主——后主陈叔宝。

高祖陈霸先出身寒门，一生恭俭勤劳，可他的孙辈陈叔宝却完全是一位纨绔子弟。陈叔宝成长于深宫之中，生活富足。即位后，他嫌前代皇帝居住的宫殿太过简陋，于是大兴土木，建起临春、结绮、望仙三座壮丽的阁楼。每座阁楼高数十丈，有数十个房间，以大量珍贵木材、金玉珠翠做装饰，里面的各种奇珍异宝数不胜数。陈叔宝不问军政大事，带着自己最宠爱的张贵妃、孔贵嫔等美人深居高阁，天天寻欢作乐，朝政之事只交给大臣们去办。

陈叔宝手下的江总、孔范等奸佞文臣投其所好，也不理政务，整日陪皇帝饮宴取乐，君臣一起写一些香艳的诗，谱成曲子让宫女们歌唱。其中有一首最著名的《玉树后庭花》由陈后主亲自所作。他还写下"玉树后庭花，花开不复久"这样的句子，这本是惋惜美丽的花朵不能长久地开下去，结果却一语成谶——589年，陈朝就像诗里所咏的花朵一样，在南下的隋朝大军的铁骑之下灭亡了，陈叔宝本人也在这萎靡的乐声中做了亡国之君。南朝的时代，自此落下帷幕。

读史点评

东晋的士族凭借门第就能做高官、掌大权，对他们而言，有没有政治、军事才能并不重要。他们大都喜欢高谈阔论，不愿从事繁杂、辛苦的军政事务。面对内部和外来的敌人时，他们往往惊慌失措、束手无策，只能依靠出身庶族寒门的将领来摆平一切。

就这样，东晋的军政大权逐渐落入寒门武将手中。宋、齐、梁、陈四朝的开国皇帝，无一不是凭借军功，从名不见经传的寒士一跃成为江南帝王的。而执掌朝廷军政大权的将相也多是注重实务的寒人，较之东晋有了很大进步。

这种局面对南朝的政治稳定、经济发展都非常有利，先后出现了宋"元嘉之治"、齐"永明之治"，梁武帝在位的四十八年更是让南方的老百姓过了一段安稳日子。正是从两晋南北朝时起，我国的经济重心开始南移，江南逐渐发展为全国的经济中心，而后来的隋唐也因为同时拥有黄河、长江两大经济区域而成就了空前的繁荣盛世。

思考题

梁武帝虔诚信仰佛教,一方面清心寡欲,不吃荤腥,一方面又大兴佛教,使百姓背上沉重负担。他自认为是个勤政爱民的皇帝,却因轻信侯景而导致国家大乱。你认为应该如何评价梁武帝一生的作为呢?

第四章

北朝的兴替

1. 拓跋氏建北魏

复兴祖业的拓跋珪

当东晋被刘裕建立的刘宋取代，进入南朝的历史后不久，439年，北方十六国长期混战的局面也终于结束，由拓跋氏建立的北魏所统一。而北魏的历史，则要从鲜卑这个民族讲起。

在我国东北部，曾经有一支属于东胡部族的游牧民族，他们居住在鲜卑山，因此被称为"鲜卑人"。他们有时受匈奴人统治，有时跟他们打仗，跟汉朝却一直相互敌对。西晋八王之乱时，匈奴人刘渊、刘聪和羯族人石勒等带兵攻占了中原各地，鲜卑人也进入了中原。这些鲜卑人中有个名叫拓跋猗（yī）卢的首领，他因帮助刘琨作战被封为代王。西晋灭亡后，拓跋猗卢的后代拓跋什翼犍（jiān）建立了代国。可是没多久，前秦皇帝苻坚崛起，灭掉代国，统一了中原。那个时候，拓跋什翼犍的孙子拓跋珪才六岁。

拓跋珪出生之前父亲就去世了，但他从小就深受祖父什翼犍的喜爱。作为代国君主的嫡孙，拓跋珪本可以继位成为代国的君主，却在年幼时就遭遇了亡国的厄运。当时，拓跋珪本来将要作为俘虏被送到前秦的都城长安，代国旧臣燕凤劝苻坚说："这孩子如此年幼，不如让他留在部族中，待他长大后成为首领，一定会感念您的恩情。"苻坚同意了，拓跋珪这才得以留在家乡。随着年纪增长，他慢慢地收拢代国的旧部和离散的部众，逐渐树立了自己的威信。

383年，苻坚在淝水之战中大败，鲜卑的慕容氏、氐族的姚氏纷纷起兵建立自己的国家。此时，年仅十五岁的拓跋珪也趁着乱世，在贺兰部的支持下成为鲜卑人的首领，在386年重建代国。他任用贤能，励精图治，复兴了拓跋一族。不久，拓跋珪改国号为"魏"，自称"魏王"。此时的中原群雄并立，鲜卑内部的关系也很复杂。为增强国力，拓跋珪花了几年时间，先后打败了北边的高车、柔然，东北方的库莫奚。之后，他依靠自己和后燕慕容垂的姻亲关系，在后燕的支持下，占领了河套以南的大片土地，得到骏马三十余万匹、牛羊四百余万头，山胡的酋长也率领部众三千余家前来投奔他。

至此，魏国在拓跋珪的带领下击败了大部分强邻，势力得到迅速扩张，成为北方最强大的政权之一，也为后来入主中原打下了基础。

灭燕称帝

391年，贺兰部内乱，拓跋珪请求后燕出兵支援，讨伐贺兰部。可是慕容垂觉得拓跋珪的势力已经威胁到了自己，与此同时，实力渐强的拓跋珪也萌生了消灭后燕的想法，两国关系十分微妙。这一年，拓跋珪派兄弟拓跋觚出使后燕，却被后燕扣留，以向拓跋珪索要骏马。拓跋珪一口拒绝，从此与后燕结怨。394年，慕容垂攻打同族的西燕慕容永，拓跋珪派兵救援西燕，可是援军未到，西燕就灭亡了。此后，燕魏两国进入对峙局面，战事一触即发。

395年，年事已高的慕容垂在部族的请求下，派太子慕容宝率八万大军伐魏。拓跋珪自知无法抵抗，便率部落渡过黄河以躲避攻势。同时，他一边请求援兵，一边派人阻截去往前线的后燕使者，逼他们向燕军大叫："你父亲死了，赶快回去吧！"慕容宝几个月听不到慕容垂的消息，非常担忧，军心动摇，被迫撤退。这时正是冬季，可是黄河尚未结冰，慕容宝料想拓跋珪来不及渡河追赶，并不防备。可是不久狂风大起，黄河在一夜之间结了厚厚的冰，拓跋珪立即派两万骑兵追击，在参合陂（bēi）大败燕军。

第二年，慕容垂为了报参合陂之仇，亲率大军再度伐魏。后燕军队所向披靡，可是慕容垂却在军中病逝，燕军只好撤退。拓跋珪的危机因此消除，实力也得到了进一步增强。396年，他率四十万大军进攻慕容宝，夺取了幽州、并州。之后，他又出兵攻打后燕的军事重地中山。当时正值甲子日，有官员说："这是商纣王败亡的日子，不宜出兵啊。"可拓跋珪反驳说："那不也正是周武王取胜的日子吗？"魏军受到了中山军民的顽强抵抗，他们不肯投降，拓跋珪几次进攻不成，最后终于趁城内无粮、守将外出的机会，成功夺取了中山。

就这样，后燕灭亡了，拓跋珪于398年正式称帝，也就是后世口中的魏道武帝。他所建立的魏国，在历史上则被称为"北魏"。

饮马长江

鲜卑人过去以游牧为生，拓跋珪建国后，重视发展农业，效仿中原的官制，还设立了太学，推广儒家学说。然而，到了执政后期，拓跋珪因为服用一种叫作"寒食散"的药物，变得非常多疑，动不动就要提刀杀人。大臣们惶恐不安，心怀怨恨的人也很多。409年，他被次子拓跋绍刺杀身亡，时年三十九岁。

拓跋珪去世后，他的儿子拓跋嗣即位，是为魏明元帝。422年，他趁宋武帝刘裕去世，亲自率兵南征刘宋，派兵攻取司州、兖州、豫州的大部分地区，成功为北魏扩展了疆土。明元帝死后，其子拓跋焘继位，也就是太武帝。

拓跋焘出生时，容貌就与常人有所不同，祖父拓跋珪见状十分惊奇，认为这个孩子必能成就一番事业。登基的那年，拓跋焘年仅十六岁，却已经十分有作为了。军事方面，他有勇有谋，曾七次出兵柔然，缓解了北方的威胁。又先后灭掉胡夏、北燕和北凉三个国家，结束了十六国割据的局面，于439年统一北方。治国上，他知人善任，整顿吏治，提拔忠良，同时改善民生，发展农桑，推动文化，做了不少好事。

同一时期，南朝的国力也蒸蒸日上。宋文帝刘义隆开创了"元嘉之治"的盛世，他希望收复父亲刘裕死后被夺去的土地，恢复中原，于430年出兵北伐。前期刘宋进展顺利，大将王玄谟夺下济州，围困滑台。但是在这之后，太武帝拓跋焘就发动了反攻。他派猛将陆真突围，安抚滑台守军，紧接着一举击败了王玄谟。随后，他亲率大军数十万，分五路攻宋，宋军抵挡不住，纷纷逃走或投降。太武帝一路南下，直逼宋朝的都城建康。

刘宋的实力终究很强大，当时的魏军没有实力渡江灭亡南朝。加上军士水土不服，军中暴发疫病，太武帝只好在到处洗劫一番之后退兵。但他实现了"饮马长江"的愿望，北魏和刘宋从此进入南北对峙的局面。

2. 大刀阔斧的汉化改革

冯太后临朝听政

北魏统治者都很注重向汉族学习，但他们本是游牧民族出身，和汉人在思想上还是有一些隔阂。当时有个叫作崔浩的汉族大臣曾经力排众议，主张攻大夏、征柔然、灭北凉。太武帝拓跋焘采纳了他的建议，果然屡战屡胜。虽然后来崔浩因编史书时如实记录了拓跋氏祖先被灭国、杀死等不光彩的经历，惹怒太武帝而被杀，但学习汉族进行改革仍然是北魏的政治主流，其中影响最大的就是冯太后和孝文帝的改革。

冯太后是太武帝之孙、文成帝拓跋濬的皇后，因为她没有儿子，文成帝便将李贵人生的拓跋弘立为太子。按北魏的传统，后妃所生之子若是被立为储君，为了防止以后母凭子贵、外戚专擅朝政，生母便要被赐死。李贵人被赐死后，拓跋弘便由冯皇后抚养。465年，文成帝去世，拓跋弘继位，就是献文帝，冯皇后被尊为太后。当时献文帝只有十二岁，由冯太后临朝听政。后来献文帝亲政，总是跟冯太后对着干，还杀了她的宠臣。冯太后很是恼火，先是逼献文帝把皇位传给太子拓跋宏，后来又干脆将他软禁，不久献文帝就死了。冯太后成了太皇太后，再度临朝听政。

冯太后掌权长达十五年，展现出高超的政治才干。北魏建立之初，官员没有俸禄，想要获取财富，就只能靠打仗时的掠夺或是皇上的奖赏。随着北魏逐渐在中原确立统治地位，要打的仗越来越少，官员们没有掠夺的机会，就大肆盘剥老百姓，加剧了社会矛盾。为了解决这一问题，484年，冯太后下令参照两汉、魏晋的制度，按照品级为北魏的官员发俸禄。此外，她还进一步惩治贪腐、整饬吏治，使贵族、官员和百姓的矛盾得到了缓解。这些措施也为推行其他改革打下了基础。

北魏原本没有户籍制度，人口都是由家族的首领"宗主"管理。这些宗主占据庞大的庄园和坞堡，还管理地方政务，成为一方豪强。政府想要统计人口、征收赋税，都要受他们的牵制，十分被动。因此，冯太后根据汉人李冲的建议，将所有人口进行编排，每三家为一邻，五邻为一里，五里为一党，分别设邻长、里长、党长（即"三长制"），负责检查户口、征收赋税、派发兵役和徭役。这样，全国的户口、赋税就全都清楚了。

此外，由于连年战乱，北魏有许多田地荒芜，无人耕种。于是冯太后在大臣李安世的建议下，借鉴汉族的封建统治方式，颁布"均田令"，将无主的土地分给农民。这不仅使农民拥有了土地，还把流动人口变成了政府的编户齐民，使国家掌握了大量的劳动人口，能够征收的赋税增多了，社会经济也得到了发展。

迁都与汉化

冯太后掌政的时间里，为北魏的政局稳定做出了重大贡献。490年，冯太后去世。她死后，二十四岁的拓跋宏掌握朝政，他就是孝文帝。孝文帝由冯太后养大，从小接受汉化教育，精通儒家经史，也耳濡目染，磨炼了政治才干。亲政后，他继承冯太后遗志，继续推行汉化改革，其中首要的措施就是迁都洛阳。

北魏当时的都城平城（今山西大同）地理位置偏北，气候寒冷，交通不便，也不利于对中原的统治。因此，孝文帝便想把都城迁到地处中原腹地——土地肥沃、物产丰富的洛阳。但迁都是件大事，要想成行并不容易。因此，孝文帝便想出了一个法子。493年，他召集百官，说要出兵征伐南齐，尚书令拓跋澄和其他朝臣都在朝堂上表示反对。退朝后，孝文帝单独召见拓跋澄，表示征南齐只是借口，他真正想做的是迁都洛阳，在中原建立王业。

得到提点的拓跋澄当即表示支持。于是493年八月，孝文帝亲率三十万大军，带领百官，向南进发。一路上秋雨不断，长途跋涉的鲜卑贵族困苦不堪，请求孝文帝停止前进。孝文帝装作懊恼地说："我们兴师动众说要讨伐南齐，却空手而归，太让人笑话了。如果你们实在不愿意南征，那就只好迁都洛阳了。"贵族们比起迁都更不愿南征，便听从了孝文帝的话。

494年，孝文帝正式宣布迁都洛阳。此后，为了适应中原习俗，保障民族交流与经济发展，孝文帝进行了一系列汉化改革。以前鲜卑人为了方便骑射，穿的衣服都是紧身短袖，现在孝文帝命令鲜卑贵族全部改穿汉族服装，连妇女也不例外。为了更好地统治中原数量庞大的汉族，孝文帝还要求鲜卑人改用汉语，鲜卑贵族在朝堂上也要用汉语。他甚至下令把鲜卑人的姓氏改为汉姓，皇族拓跋氏改为元氏，连他自己也改叫元宏。其他姓氏也一一做了修改，比如丘穆陵氏改为穆氏、独孤氏改为刘氏等等。此外，他还大力提倡鲜卑人与汉人通婚，进一步缓解了民族隔阂，促进了经济文化发展。

冯太后和孝文帝的汉化改革使鲜卑人全面进入农业社会，有力地推进了北方的民族融合和社会经济发展，均田制等许多政策直到隋唐时期还在推行，影响十分深远。

孝文帝决意迁都洛阳

3. 高氏家族与北齐

尔朱荣作乱

　　北魏在变得越发强盛的同时，君臣们却渐渐染上了腐朽的习气。有些王公富可敌国，住宅、园林像皇宫一样华丽，老百姓却受到严重的盘剥，生活困苦不堪，贫富差距增大，激化了社会矛盾。孝文帝迁都洛阳后，北方六镇的官兵长期被忽视，连军饷也得不到保障，爆发了大规模起义。朝廷派契胡族的领民酋长尔朱荣前去镇压，尔朱荣却乘机在降兵中招兵买马，壮大自己的势力，对北魏朝廷虎视眈眈。

　　此时的北魏，也因出现了一位搅局者而走向混乱和衰落，她就是孝文帝之孙、孝明帝元诩的生母——胡太后。孝明帝即位时年纪还小，胡太后精于权谋，发动政变，逼皇太后高英出家为尼，铲除了其叔父权臣高肇，从此临朝称制，掌握朝廷大权。后来因宦官刘腾夺权，胡太后一时被囚禁，但刘腾死后，她再度临朝，又一次把持朝政。其间她荒废朝政，纵容宠臣作乱，官员人心涣散。528年，孝明帝突然离奇去世，朝中纷纷议论是胡太后杀害了皇帝。胡太后另立了个三岁的小皇帝，一时间天下人心浮动。

尔朱荣闻讯，立即以为孝明帝报仇为借口出兵洛阳，将胡太后和小皇帝扔在水里淹死。他又以宰相、高阳王元雍谋反，天下大乱都是因为王公大臣们贪婪暴虐为由，杀掉王公、官员两千多人。他另立献文帝的孙子元子攸为帝，就是孝庄帝，却一度挟持他。孝庄帝不甘心被这个杀人魔王控制，便趁朝见的机会把尔朱荣杀了。

尔朱荣死后，他的侄子尔朱兆又带兵进京，杀死孝庄帝，另立元恭为帝，就是节闵帝。尔朱荣的族人尔朱兆、尔朱光天、尔朱世隆、尔朱仲远等各自率军队占据要地，想靠武力维持自己的统治。可是尔朱氏臭名昭著，根本不得人心，他们的部下纷纷起来反抗，大将高欢就是其中的一员。

乱世中崛起的高欢

高欢本是汉人，但祖上好几代居住在北方边境，生活习惯跟鲜卑人没什么两样。北魏六镇爆发起义时，他正在义军将领葛荣帐下做军官。后来朝廷派尔朱荣来镇压起义，他便投降了尔朱荣，帮他出谋划策，还劝他取代北魏自立为帝。高欢很受器重，青云直上，一路做到了晋州刺史。

尔朱荣死后，投降的起义军受到鲜卑人的欺凌，经常起来反抗。尔朱兆杀了又杀，造反的情况还是不断出现，对此他很是烦恼。高欢在酒席上说："这些降兵人太多，也不能全杀掉。如果大王派个心腹之人去统领他们，就省得他们总是造反了。"有人接口说："高欢跟他们很熟哇，又是大王的心腹，做他们的统领正合适。"高欢假装生气说："我们要听大王的！大王没说话，哪轮得到你来说三道四？"尔朱兆当时酒意正浓，也觉得高欢合适，就真的让他做了六镇降军的统帅。高欢因此得了十几万的兵力，分驻山东各州，成为雄踞一方的大军阀。

羽翼既丰，高欢便拥立北魏宗室、渤海太守元朗为帝，并开始起兵反抗尔朱氏。532年，高欢以少胜多，用离间计打败了尔朱兆的十万大军。后来尔朱兆又调集二十万大军，在韩陵与高欢交战。当时，高欢的步兵不到三万，骑兵不过两千，可他觉得尔朱氏的军队只是乌合之众，因此并不怯战。他让士兵们排成圆阵，又用牛、驴等牲畜挡住后退的道路，没有退路的士兵们只好拼命死战。尔朱氏大败，手下的将帅或是被杀，或是归降了。

北齐立国

杀尽尔朱氏党羽之后，高欢改立元修为帝，是为孝武帝，又自封为大丞相、渤海王，世袭定州刺史，独揽大权。有高欢这样的大臣，孝武帝可真是连觉都睡不好。虽然孝武帝即位后娶了高欢的女儿，但那也只是迫于高欢的威吓。最终，孝武帝与高欢决裂，带领自己的亲信、家眷及兵士万余人，西迁前往长安，打算投奔那里的大都督宇文泰。

宇文泰当时控制了整个关中，是北魏仅次于高欢的实力派，也有很大的野心。孝武帝投奔他，不过是才离狼穴，又入虎口。到了长安后，他的权力都归了宇文泰，自己后来也被杀死。宇文泰改立元宝炬为帝（文帝）。高欢也另立元善见为帝（孝静帝），并把都城迁到邺城。从此，统一的北魏就一分为二——人们把高欢控制的东边一半称为"东魏"，宇文泰控制的西边一半称为"西魏"。

相较于西魏，东魏人口更多、地域更广，再加上高欢在当政的十五年中重视农桑、兴修水利,实力远远超过西魏。高欢在治国时面临的最大挑战,并不在于经济和民生,而是民族之间的隔阂和冲突问题。在两晋南北朝这个民族大融合的时代,这个问题令每个政权都感到头疼。为了缓解东魏境内鲜卑人和汉人的矛盾,高欢两头说好话,见了鲜卑人说:"汉人是你们的奴仆,男人给你们种田,女人给你们织布,供你们温饱,怎么能欺负他们呢?"对汉人则说:"鲜卑人是你们的奴仆,吃你们一斛小米,穿你们一匹布,就得提着脑袋打仗,你们怎么能恨他们呢?"

高欢死后,嫡长子高澄接管朝政,后被家奴刺杀。之后,嫡次子高洋袭位,逼孝静帝退位,于550年建立了北齐,自己称帝,就是文宣帝。文宣帝先后打败了周边的库奚莫、契丹、柔然和山胡,干预梁朝末年萧氏诸王的争斗,将势力发展到了长江边,是当时几个政权中实力最强的。可是文宣帝晚年暴虐无道,给北齐的统治开了一个坏头,继任者中虽有其弟孝昭帝高演励精图治,却也无济于事,余者大多昏庸残暴,齐后主高纬甚至还给鹰、狗和马封官职,只知道弹唱作乐,挥霍享受。577年,北齐终被宇文氏的北周所灭。

4. 宇文家族与北周

宇文泰的起家

小卒出身的高欢扫平尔朱氏，独霸东魏，后来还打败了山胡，可以说是勇力非凡。当时唯一能与之抗衡，甚至能重挫高欢的，就只有建立西魏的宇文泰了。

宇文泰的祖先是匈奴人，后来融入了鲜卑。在北魏北方六镇的起义中，宇文泰加入了鲜于修礼和葛荣的部队。起义军被尔朱荣镇压后，他又被编入了尔朱荣部下贺拔岳的手下。后来高欢攻灭了尔朱荣，独揽大权。孝武帝不愿忍受高欢凌驾于皇权之上，封给贺拔岳二十个州的军政大权，想让他击败高欢。

作为贺拔岳手下的得力干将，宇文泰主动申请出使晋阳（今山西太原），面见高欢，试图观察他的为人，辨明形势。两人会面时，宇文泰应对自如，口才雄辩，深受高欢赏识。高欢劝说宇文泰留在自己手下，日后必加重用，但宇文泰坚决推辞了。回到长安后，宇文泰对贺拔岳分析道："高欢这个人绝不甘于为人臣下，迟早要谋反自立。现在他只不过是因为忌惮您的强大实力，才不敢轻举妄动。"因此，宇文泰建议先率军前往陇西，谋求氐、羌等部族的支持，壮大自身的军力，之后再一举击败高欢。贺拔岳听了非常佩服，把这个计划告知孝武帝，孝武帝听后大喜，加封宇文泰为武卫将军。

另一边，高欢感受到了威胁，便决定先下手为强，挑拨贺拔岳和部下的关系。贺拔岳中计被杀，一时间，他的部下群龙无首。这时，有人说宇文泰有勇有谋，治军严整，提议请他来做统帅。宇文泰本就一直深受赏识，之前已经被提拔为武卫将军、夏州刺史，因此毅然临危受命，接管了贺拔岳部队的指挥权。他上表孝武帝，并与诸将盟誓要扶植王室。孝武帝承认了宇文泰，并加封他为大都督。之后，宇文泰出兵击败谋害贺氏的侯莫陈悦，进据长安，成为实力仅次于高欢的二号人物。

534年，孝武帝欲伐高欢而不敌，只好将都城迁往长安，投奔宇文泰。然而到了长安之后，孝武帝处处受到牵制，心中不满，与宇文泰的矛盾越来越大。同年十二月，宇文泰干脆杀死孝武帝，改立文帝，史称"西魏"，与高欢拥立的孝静帝相对峙。

东西魏的角逐

宇文泰与高欢都是当世枭雄,各自手握大军,谁也不肯低头,都想吞并对方。

536年,关中发生了大饥荒,高欢打算趁此机会一举消灭西魏。他发兵十余万,分三路进攻长安,并事先在黄河上架设了浮桥。宇文泰得知消息后,认为高欢搭浮桥是想吸引西魏的兵力,然后让大将窦泰两面夹攻。他认为,窦泰是高欢倚重的骁勇大将,若能先击败他,东魏军就会害怕,不战而退。大部分将领都觉得长途行军去袭击窦泰难免打草惊蛇,可宇文泰的侄子宇文深却同意他的判断,认为若只是迎击高欢,窦泰必定从另一面扑来。他建议派奇兵从潼关附近的小关出击,引诱窦泰前来进攻,高欢行事谨慎,肯定不会立即驰援,西魏就可以趁此机会歼灭窦泰,一战而胜。宇文泰采纳了这一建议,窦泰果然中了圈套,战败自杀。这一战,东魏军被俘万余人,高欢闻讯只好退兵。东魏、西魏之间的第一次交手,以高欢的失败告终。

第二年,高欢亲率二十万大军直指长安,想一雪潼关之耻。因为连年的饥荒,宇文泰正在带着军马休整,闻讯后赶紧调各州兵马备战。高欢求胜心切，想尽快渡过黄河进军，他手下的谋士和将领劝他少安毋躁，我军已围住西魏粮仓，现在最好分兵多路，不与宇文泰的军队正面交锋，等到他们因缺粮而饿死，自然就能取胜。可高欢急于为窦泰报仇，根本听不进这些意见。他坚持率军自蒲津渡过黄河，不等兵马到齐，就先率军抵达沙苑（在今陕西大荔南）。没想到西魏早就有所准备，在这里布置了伏兵，眼看时机已到便一齐杀出，打得东魏军措手不及。这场沙苑之战，高欢再次落败，东魏大军被歼灭八万人，其余的也多溃逃。

　　此后，东魏与西魏还在河桥、邙山、玉璧等地多次大战，双方各有胜负。547年，高欢因病去世，宇文泰终于摆脱了自己最大的对手。此后，就在侯景之乱把萧梁搅得天翻地覆的时候，宇文泰又乘机夺取了梁朝的大量地盘，把西魏的疆域扩展到了长江上游和汉水流域。西魏成为当时三国中实力最强的政权，为以后西魏的继承者北周统一北方奠定了基础。

北周统一

556年，宇文泰去世。第二年，他的儿子宇文觉继位，自称"天王"，国号"周"，史称"北周"。

即位时宇文觉只是个少年，他是由堂兄宇文护扶持上位的，实际的军政大权都掌握在宇文护的手里。宇文觉虽未成年，却也想亲自执政，因此便与手下密谋，想要除掉宇文护。然而此事被人泄露给了宇文护，宇文护便派手下逼迫宇文觉退位，将他囚禁起来，不久便下了杀手。这之后，宇文护立宇文觉的弟弟宇文毓为帝，也就是周明帝。可是没过多久，因为忌惮宇文毓的胆识与谋略，宇文护再下杀手，将明帝毒死。后来，宇文护又拥立宇文邕为皇帝，就是周武帝。不同于前两位国君，周武帝非常有心计，处处小心翼翼，隐忍十二年后，终于趁宇文护不备，于他面见太后之时将其击杀。

周武帝掌权后，鼓励农耕，恢复和发展了北周的经济。他还进行了一系列的改革，将宇文泰时创立的府兵收入自己手中，加强了皇权。为扩充兵源，武帝规定只要是中等人家，就可以成为府兵。此外，当时北周佛教兴盛，全国人口不到一千万，僧尼就有一百万，居住于一万多座寺院之中，国家的劳力、兵源因此受到了很大影响。于是573年，武帝下令废佛，销毁了大量的佛经、佛像，勒令僧尼还俗。这使北周国力大为增强，也为北方的统一奠定了基础。

575和576年，武帝两次出兵攻打北齐。当时的北齐后主高纬荒淫无道，北周大军攻打晋州（今山西临汾）时，前线告急的使者来了一拨儿又一拨儿，可高纬不慌不忙地陪着妃子一起打猎。等高纬带着宠爱的妃子赶到晋州前线时，城池已经失陷，于是高纬命令士兵挖地道破坏城墙，将士们鼓起士气，打算一举夺回晋州城。可这时高纬却突然下令暂停攻击，派人去叫宠妃来一起观看。等到梳妆打扮过后的宠妃姗姗来迟时，北周守军早已趁此间隙堵上了缺口，城池因此没能攻下来。北齐的官兵们大失所望，无心应战，迅速溃败。577年，周武帝攻入北齐都城邺城，北齐灭亡。至此，北方终于结束了长达三百年的分裂状态，重新归于统一。

然而北方统一之后仅仅过了两年，年幼的周静帝宇文阐即位，大权落入了辅政的外戚杨坚手里。杨坚以小皇帝的名义号令天下，相继消灭了反对自己的大臣和宗室成员，扫清了挡在自己面前的障碍。第二年，杨坚便以禅位的方式,从周静帝手中夺取了天下,改国号为"隋",他就是隋文帝。

读史点评

自西晋末年的"永嘉之乱"以来,北方政权的每一次更替,几乎都伴随着少数民族的崛起。继匈奴人、氐人之后,鲜卑人在北部中国建立了相对稳定、持久的北魏王朝,并结束了从"八王之乱"起将近一百五十年的战乱状态。

为了能长期、稳固地统治中原地区庞大的农业社会,鲜卑人放弃了过去靠武力掠夺的老办法,而是开始学习汉人管理农业社会的经验和制度。从开国之君拓跋珪开始,历代君主学习儒家、学习汉族的进程一直在延续。冯太后和孝文帝实行全面改革,从均田制、三长制,到语言、服饰、姓氏等基本生活内容,最终形成了鲜卑全族的汉化,这是中华民族融合史上浓墨重彩的一笔。

但孝文帝去世后,北魏政局动乱腐败,社会矛盾和统治者内部矛盾激化,终于在农民起义和军阀崛起的双重打击下,走上了衰亡之路。

思考题

后世对冯太后、孝文帝等人的改革给出了很高的评价,想一想,这是为什么?

第五章

乱世里的文化与生活

1. 海外取经第一人

六十岁的行路者

佛教产生于古印度，汉代时传入中国。汉末、三国到两晋南北朝，天灾战乱不休，百姓的日子很苦，于是有很多人开始信仰佛教，希望摆脱生、老、病、死的苦难。东晋的法显和尚就是这样。

法显本姓龚，出生在山西。他的父母之前生了三个儿子，都在童年时期就死了。父母担心他遭到同样的厄运，就让三岁的法显当了小沙弥，不过仍养在家里。过了几年，法显生了重病，快要死了。父母把他送到寺里，结果病好了，之后法显就一直留在寺中。后来法显的父母相继去世，他更是没有牵挂，回家哭过亲人，办完丧事，便回到庙里继续修行。

东晋隆安三年，也就是399年，法显已经在寺庙中度过了六十多个春秋。这些年的阅历让法显深切感受到，佛教传入已有三百余年，佛教徒虽多，佛经的译介却不够，关于戒律的书更少。和尚该不该吃肉，见了帝王、官员和自己的父母该不该跪拜行礼，都没有明确的规定。佛教徒没有行事标准，很多上层僧侣更是无恶不作。

  戒律经典的缺乏，其实是因为天竺（古代印度）距离中原太远，中间还有高山大河、雪原沙漠，僧人们来去一趟很不容易，每次也带不了多少经书。法显有感于佛教发展的现状，为了维护佛理，便想亲自去天竺寻访佛教典籍。可是那么远的路，他一个年过六旬的和尚能不能成功到达，是完全不可预料的。好在除了他，还有慧景、道整、慧应、慧嵬（wéi）四位僧人愿意一起去。于是这一行五人便从长安动身，向西进发，开始了漫长而艰苦的旅行。

漫漫取经路

  行至甘肃，智严、慧简等六位僧人也加入了旅程。这十一人走过了鄯善、焉夷等国，可是行程太苦，他们常常连食宿都找不到，因此有三位僧人回到高昌筹措行资，一位去了克什米尔，求经的队伍还剩下七人。

一行人继续向着戈壁、沙漠、雪山进发，他们穿越塔克拉玛干沙漠，来到了于阗（今新疆和田）。这里是西域佛教的中心，很多佛经在这里都有传本。可是法显认为，只有越过葱岭，到达印度，才能看到真正的、完整的佛法。所以他们没有就此停下脚步，而是继续向西行进。葱岭没有冬夏之分，常年覆盖着冰雪，不时还会遇到暴风、雨雪等极端天气，行人一旦遇上，多半性命不保，慧景就是因为在小雪山遇到寒流冻死的。法显因为同伴的离世失声痛哭，但是掩埋过尸体，便在信仰支持下继续前进了。

路经苌国、弗楼沙等佛教传播中心时，宝云等三人参拜过许多佛教遗迹，认为心愿已经达成便启程回国，慧应则病死在弗楼沙。到这时，只剩下了法显和道整两个人。法显来到释迦牟尼传经讲法的地方，用了四年的时间游历佛国，瞻仰佛教遗迹。最后，他又回到巴连弗邑，在摩诃衍寺苦学梵书、梵语，抄写经律，一共收集了六部佛教经典的梵本。法显决定带着这些佛经，回到日夜思念的祖国。可是道整觉得自己已经来到佛教最昌盛的地方，再也不想回去了。

此时的法显已经七十五岁，无法像来时那样步行了。于是他来到了狮子国（今斯里兰卡），在这里搭乘商船，开往东土故国。412年，经过重重险阻，法显终于在山东崂山一带登陆，结束了他十三年的取经之路。

　　法显六十五岁出发，走过三十多个国家，回国时已经七十八岁了，但他的事业还在继续。他来到建康，和其他僧人一起将带回的佛经翻译成了汉语。他还把这段漫长、艰辛而伟大的旅途写成了一本《佛国记》，为后世留下一部关于西域历史和地理的重要著作。

2. 能文善辩的范缜

佛教盛世的挑战者

　　佛教的兴盛，也给国家带来了不少问题。僧侣们整天拜佛念经，不结婚，不当兵，也不种田，把希望都寄托在"因果报应"上。富裕的寺庙占据大片土地，让农民去耕种，他们只管收租，跟地主没什么两样。加上皈依佛教的人多了，朝廷掌握的人口不增加，打仗也难以招募士兵。因此，北朝的魏太武帝、周武帝就下令灭佛，还有一些有识之士则站出来著书立说，批判佛教宣扬的轮回、因果报应等观点，其中最有名的就是范缜（zhěn）。

范缜出生后不久父亲就去世了，与母亲相依为命。他自幼家境贫穷，但一直很好学，成年后尤其精通儒家的《周礼》《仪礼》和《礼记》，也喜欢跟人辩论。当时南齐的竟陵王萧子良喜欢跟有才学的人交往，招揽了很多人在门下，后来建立梁朝的萧衍、大文学家沈约等人都在其中。萧子良听说范缜的才学，也请他到自己的官邸参加宴会，同大家一起清谈和写作。

萧子良信佛，因此他的宴会上也请了不少僧侣，讲人灵魂不灭、轮回转世、因果报应一类的佛理。范缜不以为然，站出来反驳说不存在因果报应这种事。萧子良听后笑问："如果真如你所说，世上没有因果报应，那为什么有的人富贵，有的人贫贱呢？"范缜很巧妙地回答说："人之所以富贵、贫贱，原因各异，但肯定跟前世的善恶无关。就像一棵树上有花朵随风飘落，有的花瓣飘进了厅堂，落到华丽的茵席上，有的则落到了又脏又臭的粪坑里。大王您这么尊荣富贵，就好比花瓣落在了草席上；下官我出身贫寒，就好比花瓣落在粪坑里。花瓣的命运差别这么大,可它们的善恶、因果又在哪里呢?"

这一番话说得萧子良无言以对,可是范缜却觉得自己还有话没说完,回去后就写了一篇文章来整理自己的观点,它就是《神灭论》。

《神灭论》

《神灭论》并不长,全文只有一千八百多字,却是中国古代思想发展史上具有划时代意义的哲学著作,宣扬了无神论的思想。

范缜认为,人死后灵魂(神)会随肉体(形)一起消亡,不存在什么灵魂变成鬼或者转生到来世的事。他用刀和锋利来打比方:锋利和刀是一体的,刀毁了,锋利也便不存在。人的肉体和灵魂也是一样,肉体没有了,灵魂自然也就没有了。信佛之人说灵魂可以脱离肉体而存在,范缜质疑说:"若真是如此,那么一个人的灵魂也可以转移到另一个人的身体中。而且,既然灵魂是独立存在的,离开了肉体人就会死,依托于肉体人就会活,那为什么只有活人死去,死人却无法重获灵魂而复活呢?"

这些问题在当时看来都很尖锐，因此《神灭论》一问世，南齐上下非常震惊。萧子良找了很多高僧、名士轮番跟范缜辩论，却没有一个人能驳倒范缜。其中有个叫王琰的名士嘲讽范缜说："哎呀，范先生，如果灵魂会消亡，那你的祖先去世后，你不是连他们的灵魂在哪里都不知道了吗？"范缜则反驳道："哎呀！王先生，您既然知道自己祖先的灵魂在什么地方，为什么不自杀去追随他们呢？"在范缜的反问之下，王琰只能哑口无言。

萧子良见无人能驳倒范缜，就派人偷偷去找他，说："以你的才华，当个中书郎绰绰有余，为什么偏要跟大家唱反调，影响自己的仕途呢？"范缜听后不以为然，他生性耿直，并不为名利所诱，更不愿说违心的话。但是后来萧衍起兵反抗南齐，建立梁朝，成了梁武帝。他和范缜见面后，想起二人在萧子良府中的旧交，颇为亲热，便真的让范缜做了中书郎。

可是梁武帝也信佛，后来更是数次去同泰寺出家。他并不喜欢《神灭论》，还让大臣们写了几十篇文章去反驳它。范缜写文章回击了其中的一篇，那位作者亲自认输。可文章那么多，范缜也反击不过来。即便如此，他的思想光芒是皇帝的权威也压制不住的。

3. 诗文风流

骈（pián）文盛行

中国古代的文章大部分像人们讲故事一样，有的句子短些，有的句子长些，并不整齐。可是两晋南北朝时，人们就喜欢把文章写得整整齐齐，字句皆成对偶，也讲究声律的铿锵，这样的文章就叫作"骈文"。

当时人们在比较正式的场合都会使用骈文，比如皇帝下圣旨，大臣向皇帝表示赞美或感谢，人们祭祀神灵或去世的大人物，等等。有些文士日常写信时也会用骈文。比如曾与祖逖一起"闻鸡起舞"、永嘉之乱时任并州刺史的刘琨，他因西晋灭亡而伤心，就在赠答卢谌（chén）的一首诗的序中写道："块然独坐，则哀愤两集；负杖行吟，则百忧俱至。"梁朝时有个叫作吴均的文史学家，他乘船出游，有感于山水之美，便给好友朱元思写信说："泉水激石，泠泠作响；好鸟相鸣，嘤嘤成韵。蝉则千转不穷,猿则百叫无绝。"这篇《与朱元思书》,也成了骈文中写景的精品。

骈文的规矩多,写起来很不容易。篇幅短的内容还好,再长些就非常耗时了。但西晋就是有一位叫左思的文学家,想用骈文把魏、蜀、吴三国都城的盛况都描写出来。他整日揣摩、构思,在家中各处备好纸笔,想到一句就赶紧记录。这样坚持十年,终于完成了一篇规模宏大、语言精妙的《三都赋》,长一万余言,被后世研究者称为"巨著"。当时的大名士皇甫谧很欣赏此文,便写作了一篇序,极力称赞它的妙处。《三都赋》因此名满天下,人们争先恐后地抄录、传阅它,以至于洛阳的纸都因此而涨价了——这也是"洛阳纸贵"这一成语典故的由来。

骈文起源于汉末,在两晋南北朝时期达到全盛。但是由于它过于拘泥于句式,影响内容的表达,发展到宋朝时便渐渐衰落,被散文所取代了。

田园诗与民歌

骈文以外,两晋南北朝时期的诗歌也很有特色。比如郭璞的游仙诗,谢灵运、谢朓的山水诗,鲍照的七言诗、乐府诗,还有当时成就最高的东晋大诗人陶渊明的田园诗。

陶渊明祖辈有不少名士,出身不算太坏。但他八岁时父亲去世,家境逐渐没落,因此并不为士族大家看重。陶渊明自幼修习儒家经典,也受道家思想熏陶,喜欢自然,对做官并不太热心。他从二十岁起离乡做官以谋生,其间几次辞官归家闲居,最后一次出仕是做彭泽县令。可是正直清高的陶渊明不愿穿官服接待倚官仗势的督邮,长叹一口气说:"我宁可饿死,也不愿为这五斗米的官俸而折腰。"说罢便辞官回家隐居去了,此后再未出仕。《归去来兮辞》,写的就是他辞官归隐的心路。隐居后的陶渊明在家亲自下地耕种,过上了"采菊东篱下,悠然见南山"的田园生活,留下了不少隽永名篇,对后来的唐宋诗人有很大影响。

南北朝时期的民歌也是当时的一大特色。它们由老百姓自发创作,抒发普通人的日常生活中的喜怒哀乐,

田园诗人陶渊明

感情真挚，语言朴素，往往通过口头方式创作和传播。由于南北朝长期对峙，自然和社会环境的差别也很大，因此南北民歌也有不同的特色。

南朝民歌多产生于长江中下游地区，分吴歌曲辞和西曲歌两类，多表达女子的爱情相思和离愁别恨，著名的有《西洲曲》《子夜歌》《华山畿》等。其中《华山畿》讲述了一段爱情悲剧：一对青年男女相爱，男子去世，棺木经过女子门前时，在女子的伤心祈求下棺木自行打开，女子也进入棺木殉情——这也是后来《梁山伯与祝英台》的故事原型。而北朝民歌大多出自北方游牧民族之手，题材广泛，有情歌、战歌、牧歌，还有表现劳动人民艰苦生活的歌谣等，大都刚强爽直。《敕勒歌》中的"天苍苍，野茫茫，风吹草低见牛羊"，便是很多诗人刻意雕饰也写不出的名句。长篇叙事诗《木兰诗》表现了女性愿为国家和亲人而战的高贵品质，结尾以雄兔和雌兔的异同作比，表明女人和男人虽然有区别，但在事业上却可以同样出色，在当时算得上是惊世骇俗的见解。

4. 笔墨与石刻

天下第一行书与天下第一神品

中国人的方块字笔画纵横,写起来变化多端,成为一种线条的艺术。在籀(zhòu)、篆、隶、楷、草之后,两晋南北朝时期盛行的"行书"是一种介于楷书与草书之间的书体,它比隶书、楷书写得快,又比草书好认,受到很多人的欢迎。东晋的帝王大多擅长行书,被称作"书圣"的书法家王羲之更是在当时写出了被称为"天下第一行书"的《兰亭集序》。

王羲之出身魏晋名门琅琊王氏,是名将王导的侄子,他的父亲也是书法家。王羲之自幼跟当时著名的女书法家卫夫人学习书法,后来又到北方游历,见到李斯、钟繇、梁鹄、蔡邕等人的书法,潜心学习各家之长。他在门前的池塘里洗毛笔、砚台,把池塘都染成了黑色。走路、吃饭时,他也总在想一个字该怎么写,用手指在衣服上写写画画,把衣服都弄破了。时间久了,终于领悟到书法的真谛,其书法被赞为"飘若浮云,矫若惊龙"。353年春天,他和朋友谢安、孙绰等四十一人在会稽的兰亭游赏风景。众人喝酒写诗,编汇成集,王羲之挥毫作序,记录当时文人雅集的场景,就是《兰亭集序》。作品潇洒流畅,全篇二十多个"之"字、七个"不"字,形态各不相同,各有各的妙处,被称为"天下第一行书"。

书法之外,中国画在这一时期也取得了飞跃式进步。当时的著名画家顾恺之曾在桓温手下做参军,他多才多艺,尤其精通绘画。他画人物肖像、鸟兽、山水都很擅长,年轻时在建康的瓦官寺所绘的《维摩诘像》光彩夺目,轰动一时。顾恺之认为画人物,重在表现人的神情和精神状态,尤其注重眼睛的描绘。他为名士裴楷画像时,还曾在他的脸颊上加了三根毛发,用细节表现出人物的俊朗。顾恺之画的《女史箴图》,一改以往只注重形似的毛病,笔法生动细腻,人物个个仪态万方、活灵活现。他的《洛神赋图》更是被称为"天下第一神品",成为中国十大传世名画之一。

佛窟造像

北朝时佛教非常兴盛,留下了不少杰出的石窟。北魏统一中原后,过去盛行于新疆的佛教石窟艺术也传到了中原。河西走廊和华北地区曾兴建过大量石窟，包括中国古代三大石窟中的山西云冈石窟和洛阳龙门石窟，而敦煌莫高窟也是从这一时期开始修建的。

北魏太武帝虽曾下令灭佛，但他的孙子文成帝继位后，却开始恢复佛教。当时有一位名叫昙（tán）曜的名僧，他曾在路边巧遇文成帝的车队。当时，文成帝的马伸嘴衔住了昙曜的袈裟，俗话说"马识善人"，文成帝便觉得昙曜定是一位高僧，让他管理全国的僧尼事务。昙曜借复佛之势建议凿窟造佛，文成帝觉得此举能够弥补祖父废佛的罪过，并为祖先祈福，便批准了。

于是昙曜便选了都城平城西边适合雕刻的断崖开凿石窟。当时昙曜开凿的石窟有五座，是云冈石窟的第一期工程，被称为"昙曜五窟"。每个石窟都有一座大佛像，最高的有七十尺，矮的也有六十尺，象征着北魏太祖以下的五位皇帝。此后，历代工匠也没有停止修筑，一共在山崖上开凿了二百五十二个窟龛，五万一千多尊精美的佛像。石窟中的佛像姿态各异，有的庄严肃穆，有的安详沉静，有的富丽堂皇，是中国古代雕刻艺术的宝库。

孝文帝迁都洛阳后，开始在洛阳伊河两岸营造新的石窟，就是龙门石窟。宣武帝时，宦官主持为孝文帝和文昭太后各建一座石窟，后来也为宣武帝建了一座石窟，前后历时二十四年，用工八十四万余人，称为"宾阳三洞"。此后，又陆续开凿了古阳洞、莲花洞，营造事业历经十多个朝代，一直持续到了清代末年。龙门石窟现存佛洞两千多个，造像近十一万尊，其中北魏所凿的佛洞佛龛就占了约三分之一，是世界上造像最多、规模最大的石刻艺术宝库。

5. 民族融合时代的日常生活

吃与穿

两晋南北朝是一个民族大融合的时代，大规模的民族迁徙与交融，使人们的衣食住行发生了很多变化。直至今日，人们很难意识到椅子、烧饼这些日常生活中习以为常的事物，最初并不是汉人生活的一部分，而是来自游牧民族的生活方式。

和今天类似，两晋南北朝时南方和北方的饮食也有很大的差别。北方稻米少，主食以粟为主，也就是小米，此外还有麦饭、麦饼等。当时的人们喜欢用面粉做成各种各样的饼。用笼屉蒸制而成的饼叫"蒸饼",由发酵过的面做成,而且能蒸开口子,类似于现在的开花馒头。西晋时的高官何曾对饮食极其讲究,特别喜欢挑蒸开口的蒸饼吃,格外松软可口。汤饼则是用汤煮的面食,又叫"煮饼",和现在的面片差不多。还有一种叫"水引"的饼,薄如韭叶,一尺一断,类似于今天的汤面条,南齐开国皇帝萧道成就很喜欢。

南方的主食为米饭和粥。米饭的做法是蒸和煮,与现代基本相同。粥有米粥、麦粥、豆粥等。米粥即白粥,在南方较为常见。麦粥既可以用整粒的麦子来做,也可把麦子磨成颗粒煮着吃。豆粥是以绿豆、红小豆等豆类为主熬成的粥,不过豆子很难煮熟,豆粥做起来比米粥、麦粥都要花时间。西晋石崇曾事先把豆子煮好,再放米一起煮,然后向客人炫耀能很快做出豆粥。魏晋时期,端午节吃粽子相当盛行。粽子也叫角黍,将黏米、栗子、枣子等用菱白或芦苇的叶子包好,煮熟即可食用。南北朝时,粽子既可在端午时吃,也可在夏至这天吃。

这一时期的副食也相当丰富。比如南方人喜欢吃鱼,常把鱼肉切成细片,蘸上调料生吃,叫作"脍(kuài)"。

多民族生活方式融合的时代

西晋时有个叫张翰的人来自江南,他在洛阳做官时看见秋风起,想起老家的莼菜羹、鲈鱼脍,就干脆辞官回家了。肉类品种也很丰富,猪肉、羊肉、牛肉都不缺。此外,为了长期保存,人们还会把蔬菜做成咸菜,称为"咸菹(zū)";把肉做成干肉,也就是脯,把鱼做成鱼干、腌鱼、糟鱼。当时各种调味品也十分丰富。甜的主要是蜂蜜和麦芽糖。咸的有酱油和各种酱,比如豆酱、肉酱、鱼酱、虾酱及芥子等做的酱。制酱是很重要的本领,有钱人家甚至用酱作为礼品送人。除此之外,佐料还有豆豉、酿、葱、姜、蒜、花椒和胡椒等。可以说,做出一桌香喷喷的美食对于当时的人来说并不是什么难事。

两晋南北朝时,人们常穿的衣服有很多种类,名称也各不相同:襦(rú)是短外衣,袄是紧身衣,衫是敞口的。单衣只有一层,没有里子,官吏、百姓平时多穿用。半袖是穿在外面的短袖服装,为家居便服,见外客时一般不穿。假钟是一种斗篷(或称"披风"),北方用来抵御风沙。此外,还有袍、裘等服饰类型。一般的老百姓用布做衣服,富贵人家则使用丝绸,二者衣服的颜色、花饰也有差别。

在民族大融合的背景之下,既有少数民族改穿汉服,也有汉人改穿胡服。一些少数民族首领进入中原后也往往醉心于汉族高冠博带式的服装，如北魏孝文帝就赐百官冠服，更换胡服。而游牧民族由于骑射需要产生的合裆裤，到两晋南北朝时已经在汉族百姓以及上层社会中流行开来。另外，从少数民族传入的"裲（liǎng）裆"也越来越受欢迎，甚至从内衣变成外衣和正装。这种只有前后两片、没有袖子的背心或坎肩式服装，既保暖，又让人的手臂做起事情来更加灵活，方便极了。

玩与乐

从前，富贵人家出行主要靠马车，坐牛车被看作穷酸的表现。不过从东汉末年开始，牛车就成了上层社会普通的出行工具，到了两晋南北朝更是成为一种风尚。这一方面是因为连年战争，马匹减少，另一方面也是因为牛车比较平稳，乘坐舒适。高级的牛车装饰非常华丽，配上优美的帷幔，车厢里面安装好座椅、卧具，雍容华贵的士族、官员坐着也行，躺着也行，到哪里都能享受。

西晋时斗富的王恺和石崇驾车出游，回来时还曾经用牛车比赛看谁的牛车能先跑进洛阳城。石崇的牛体态、力气都不如王恺的，出发时间也靠后，却跑得飞快，不久就把王恺的牛车甩了好远。

两晋南北朝时的节日很多，习俗也很丰富。一年当中最早的、也是最重要的节日就是正月的"元日"，相当于现在的春节。这一天，人们要穿新衣、戴新帽，四处走亲访友。还要在门上挂上桃符，用来驱邪避凶。此外，当时还新出现了放"爆竹"的风俗。那时还没有火药，人们直接把竹筒放在火上烤，发出"噼噼啪啪"的声音。此外，每年的三月初三还有据说是源于周代的修禊（xì）节，流传到当时，已经逐渐成为水边饮宴、郊外游春的节日。这一天，人们要到水边洗去污秽，去灾祈福。东晋时期，王导、王敦就是利用这个节日让司马睿名声大噪，最终登上皇位的。王羲之也是因为修禊节与朋友吟诗饮酒，留下了闻名后世的《兰亭集序》。

除了热闹的节日，平时人们也会玩游戏，以此消遣。比如两晋南北朝时期非常流行围棋，不仅是男性，女性也能够参与。晋武帝司马炎、梁武帝萧衍、谢安等都很喜欢下棋。当时的棋具有了很大的发展，出现了十九道围棋盘，直到现在还在沿用。南朝甚至专门设置有管理围棋的官方机构，那时人们的文化生活是相当丰富的。

读史点评

两晋南北朝时期既有动荡、战乱的一面,又有思想文化、民族融合等方面的重大发展。这一时期,人的自觉精神得到充分的发展。"木兰诗"、梁祝故事等的出现,是人们追求男女平等和婚姻自由等个性解放和独立人格的表现。同时,各民族文化之间互相学习,兼收并蓄,彼此交融。文学、宗教、书法、绘画、雕塑等各方面也都有重大的成就。

各民族之间的关系更加紧密,少数民族的服饰、食品和生活习惯进入中原,使汉人的衣食住行都发生了巨大变化,生活也变得更加丰富多彩。汉族的礼乐、典籍和儒家思想逐渐获得了少数民族统治者们的普遍认同:如匈奴人刘渊自称拥有汉高帝刘邦的血统,羯人石勒也喜欢听人诵读《汉书》,而北魏孝文帝则推行更全面的汉化改革。隋唐的统一强盛局面是与这一阶段的民族融合是分不开的。可以说,这个承先启后、继往开来的时代,为隋唐时代的繁荣昌盛打下了深厚的基础。

思考题

南北朝时期是民族融合的时代,许多少数民族改穿宽袍大袖的汉服,汉人也开始穿方便利落的胡服。除了服饰,你还知道当时民族之间生活方式交流融合的哪些事例?

大事年表

265年	司马炎代魏称帝，国号"晋"。
291年	皇后贾南风专权，"八王之乱"开始。
300年	赵王司马伦诛灭贾南风及其党羽。
304年	匈奴人刘渊起兵，国号"汉"。
307年	晋惠帝死，"八王之乱"结束。
308年	刘渊称帝。
311年	刘曜率兵攻入洛阳。
316年	刘曜攻破长安，晋愍帝出降，西晋灭亡。
317年	司马睿在建康即位，建立东晋。
354—369年	桓温先后三次北伐。
371年	桓温废晋帝，大权独揽。
376年	前秦皇帝苻坚统一北方。
383年	淝水之战，前秦被东晋击败。
398年	拓跋珪即位，定国号为"魏"。
403年	桓玄废晋安帝篡位称帝。

404年	刘裕举兵讨伐桓玄。
409年	刘裕北伐南燕。
415年	刘裕担任荆州刺史。
420年	刘裕称帝,国号"宋",开启南朝时期。
439年	北魏统一北方。
466年	北魏冯太后临朝称制,掌控朝政大权。
477年	北魏开始推行汉化改革。
479年	萧道成称帝,国号"齐"。
485—486年	冯太后颁行均田制、三长制。
494年	孝文帝正式宣布迁都洛阳,开始汉化改革。
502年	萧衍称帝,国号"梁"。
528年	尔朱荣发动"河阴之变"。
534年	高欢立元善见为皇帝,迁都邺城,东魏建立。
534年	宇文泰占据长安。
548年	"侯景之乱"爆发。
550年	高洋篡位,建立北齐。
557年	陈霸先称帝,国号"陈"。宇文觉建立北周。
577年	北周武帝灭北齐,统一北方。
581年	杨坚称帝,建立隋朝。
589年	隋灭陈,统一天下。